軍馬と楕円球

中野 慶
Nakano Kei

かもがわ出版

軍馬と楕円球　もくじ

装丁　加門啓子

プロローグ　退部届

六月下旬なのに、雨粒とは無縁の日々が続いている。三〇度を超す気温と淀みきった空気は肌にへばりついてくる。

（二時半に部室の前に来てほしい。大事な相談がある）

吉沢《よしざわ》鉄朗《てつろう》はラグビー部主将の多《た》賀《が》裕二《ゆうじ》をメールで呼び出していた。夏合宿まで一カ月強になった二〇一八年六月二〇日、水曜日の二時半ならば部室に誰もいないはずだ。この時間、多賀は授業がないことを鉄朗は知っていた。

「何だよ、こんな時間に呼び出しやがって」

バッグを肩にかけてやってきた多賀は唇をとがらせている。部室の前にたたずむ鉄朗にしゃがれた声で話しかけた。来週以降の練習についてとりとめもない二言、三言を交わした後に、鉄朗は声をひそめて言った。

「もう辞めることにした。世話になったけど……」

「辞めるだって」

不意打ちを食らったいまいましさが多賀の眼光にあふれていた。タックルを手で突っぱねてかわすハンドオフ。多賀の得意技は顔面に向かってきたが、瞬時に身をかわせた。強めの体臭の巨体で近寄ってくると圧迫感は強まる。部室の鉄の扉の気配を背中に感じとって、鉄朗は蟹《かに》のように移動した。

一瞬の沈黙。部室の扉は閉じられていた。扉が開かれれば、色とりどりのジャージや楕円球が眼に入ってくる。今や使用に耐えない球も放置されている。泥まみれのスパイク、磨き上げられたスパイクもある。

（もう立ち戻らない。この部屋に入る資格などない……）

この部室の匂いと一年二カ月を過ごしてきた。消毒薬と湿布もなじみ深いけれど、おびただしい汗と泥を吸いとってきたジャージこそ主役である。毎日洗濯できるはずもない。鼻の曲がるような匂いが充満したジャージもある中で、同期の雲山良太《くもやまりょうた》は語っていた。

「もしこの匂いを香水に変えられるなら、イグ・ノーベル賞は確実だな」

「馬鹿言ってるよ。そんな香りに変えようと、練習は楽になる訳じゃないぞ」

雲山の額をこづきながら、小馬鹿にするのが多賀らしかった。

鉄朗の脳裏をよぎったのは、かつての他愛ない会話だった。一日の練習を終えてひとまずジャージを脱ぎ、明日の練習までの限られた時間を過ごす。ジャージを脱いでは着る。その反復をこの日限りで終えることにしていた。

退部の意思表明だけにしよう。多賀と対峙《たいじ》しても沈黙を貫くことにしていた。あとは時間の解決にまかせたい。

「一度のケガでくじけるなって。夏合宿を前にあわてて結論を出すことはない」

思い直したように多賀の表情は柔和に転じた。極太の指が肩にふれてきた。

「いや。もう結論出したんだって」

「譲歩できる点は譲歩するから」

多賀は承諾しなかった。照れ隠しをするように、部室前に置かれたタックルバッグを何度も軽く叩きながら話した。フォワードへのコンバートが不本意ならば、バックスへの復帰を認める。事情のある時には練習を休んでかまわない。その条件もにわかに示された。

多賀も鉄朗もかつてこの部室前で同様の場面に居合わせたのだった。二人の同期である快速ウイングの松木《まつき》が二度の骨折を経て退部を申し入れた時に、スクラムハーフの太田元《おおたはじめ》も交えて三人で説得した。あの時の松木の立場に、今日の鉄朗は転じている。

三時が迫っていた。間もなく部員たちの多くはこの場所に到着する。

鉄朗は多賀を再び一瞥《いちべつ》した。ぶ厚い胸板と太腿は一七六センチの身長以上の威圧感を醸し出している。その顔は上気してきた。

「結論を出したんだ。了解してよ」

立ちふさがる多賀の左手に進むそぶりをして、にわかに逆側にステップを踏み直して圧力から逃れ出た。

「おい待てよ、話は終わっていないぞ」

怒声がとどろきわたった。鉄朗は速度を上げた。前方から一年後輩の竹内《たけうち》や高木《たかぎ》が走ってきた。

二人はいつもと変わらぬ挨拶を送ってきた。

ジャージ濡らす日々

吉沢鉄朗。K高校の二年生。

一六六センチ、六五キロ。中学まで本格的なスポーツ歴なし。小柄であるだけでなく、瞬発力とパワーも欠けている。ラグビーには向かなかった。敢えて言えば柔軟性だけは長所である。タックルや突進という基本技ではなく、ランニングショートパントやドロップキックを得意としていた。いずれも試合で披露する機会は稀なプレーだ。

強豪校とは事情が異なるクラブだった。三年生が春で引退すれば部員数は二〇人ほどである。二年生のほぼ全員がレギュラーになれる。秀でた才能の持ち主はごく限られている。強豪校では入部さえ不可能な力量でも生き残れる場がこのラグビー部だった。

練習の日々にグラウンドを鳥瞰《ちょうかん》することはできない。挑戦に意味がある。猛練習に耐えれば強くなれる。それを信じ続けていた。

「行くぜー、ゼイー」

二時間を超える練習中に絶え間なくわき起こる声。うなり声と悲鳴も入り混じり、泥と汗を付着させた叫びとして唱和されていく。次々にリード役の声は入れ替わり、膝に手をついてあえいでいた者も奮起する。この声によって覚醒《かくせい》できるのだった。

一五人制のこの種目は、多様性を備えたポジションをフィフティーンに用意している。巨漢ばかりではない。小兵《こひょう》も果たせる役割がある。ただパワーとスピードと持久力は必要だった。

二〇一八年春までの旧チームで鉄朗はウイングとフルバックの控え選手。キックは得意でも鈍足は致命的だった。五月初めからの新チーム始動を前にして、フォワードに転向することになった。四月下旬の公式戦を前にしてのコンバートは、三年生最後の試合である公式戦にはお呼びでないことを物語っていた。

コンバートでひ弱さを痛感した。その筋力不足はフォワード陣に入ると歴然としてしまう。入部二週間の新入生に首の取りあいで勝てなかった。練習後の腕相撲でも最下位である。

「低いタックルと忠実なフォロー。吉沢はフォワードに不可欠な戦力だ」

最初にフォワード転向を勧めたのは、新チームでの主将が決まっていた多賀だった。その言葉が的外れだったことを多賀自身認めるようになった。

「成功率の低いタックル。味方を失望させるフォロー。でも吉沢はくじけない」

多賀は練習後の談笑で鉄朗を冷やかした。大切な公式戦を前にして、大事な選手ならばバックスは手放さない。人数あわせのための鉄朗のコンバートは、多賀と大いに関わっていた。

旧チームのフォワード第二列で密集戦の中心であった多賀は、新チームでバックスの要であるスタンドオフへの転向を希望していた。チーム有数の巨漢が10番になれば、屋台骨を失ったフォワードは弱体化する。その代わりに、バックスからフォワードに数人をコンバートする。その第一弾こそ鉄朗だった。

多賀のリーダーシップに張りあえる人材は同期にはいない。己《おのれ》のポジションを死守するのに大わらわだった。底辺は鉄朗一人ではない。数人で競いあっていた。

同学年の面々は自分の配下にいる。それが多賀の感覚だった。その毒舌は、上級生にも向けられていた。練習後に先輩のプレーを形態模写する。きびしく叱咤《しった》激励する上級生をまねると、同期の面々は笑い転げた。球を持っての突進時に恐怖心から声を張り上げる姿。敵のタックルをハンドオフで弾き飛ばすつもりで自ら止まってしまう瞬間。珍プレーは再現された。

「お前たち、先輩を笑うんじゃないよ」

笑わせた張本人は他の部員たちを叱りつける。極度の疲労感の中で、笑いを制御する力さえ鉄朗は失っていた。だがこの競技も難易度は高い。爆笑を続ける者たちは、まだ先輩の水準に到達していないことを十分に自覚していた。


この一年二カ月で鉄朗も持久力だけは劇的に向上した。この競技はアタック、ディフェンスが判然と区切られていない。激しいタックルによって自陣ゴール前から大チャンスが生まれることもある。タックル後の密集で球を奪いあうブレイクダウンこそ生命線だ。だが走力と持久力はすべてのプレーの前提だった。

入部後から泥沼のような悪路は続いてきた。月曜日の朝は最も辛い。練習開始が近づくと重圧を感じる。練習の冒頭から延々と続くランパスにはあえぎ続けてきた。全力でダッシュしながらパスを回してフォローする基本練習。体力養成に不可欠のトレーニングだった。

広いグラウンドではサッカー、野球、ラグビー、その外周で陸上部までも同時に練習できた。他部の練習があれば、ランパスはグラウンドの横幅五〇メートルで行った。

休日には、一〇〇メートル以上もある縦を何度も往復する。これ以上の難行はない。息は切れる。炎天下はとてつもない負荷を背負うことになる。

猛暑での練習は人体にどんな影響を与えるか。その実験の被験者になっているようなものだ。強風も辛かった。砂埃の来襲によって眼は刺されるような痛みを感じる。向かい風を受けてのダッシュは漫画的に辛い。足の回転数を極限まで増やしても前進できない。

その一方で最も嬉しいのは雪。悩ましいのは雨天で、パスでの落球は激増する。ノックオンほど口惜しい反則はない。ただ雨は気持ちを奮い立たせる。水たまりに転がったボールに頭から飛び込んで確保するセービングは降雨時の華。全身泥まみれになるかわりに仲間たちの喝采を浴びることになる。一瞬でも早い球の確保がその後を決めるのである。

二〇一八年四月、新二年生になる春休み。入学式前の練習を見学した一年前との隔たりを感じていた。今では二時間強の練習も苦ではない。入部直後はランパスの一往復で息も絶え絶えになっていたから、長足の進歩である。

「一年前とは見違えるようじゃないか」

三年生やOBから讃えられる時、むずむずとした喜びが鉄朗の身体中を駆け回る。上腕や大腿部《だいたい》、ふくらはぎの筋肉は厚みを増していた。背筋も首まわりも見違えるようだった。

その成長を引き出した第一の功労者は、一年先輩の菊崎徹也《きくざきてつや》主将である。短躯《たんく》だが頑健な身体で日焼けした顔にはきびしさが漲っていた。鬼軍曹なる異名を持って鉄朗らの学年を徹底的に鍛えた。ランパスの本数をたえず増やそうとしていた。

「おまえたち、いつまで中学生気分なんだ。もっと走れ。筋力をつけろ。今のままでは一度も試合に出られないぞ」

鉄朗は太田や武下とともに叱咤激励されていた。ギョロッとした菊崎の眼は、鉄朗の脆弱さを見抜いていた。その菊崎が三月の終わりには、一年生の成長と活躍を認め始めていた。

「何だおまえたち、俺たちを追い越していくのかよ」

そのぼやきは、半ば本音だったのかもしれない。

鉄朗の同期の九人の部員たちはこの一年間、居残り練習にも励んできた。指折りのひょうきん者である雲山は筋力トレーニングを推進する旗頭。部室のロッカーに自作のコピーを貼りだしていた。

「明日の天気は変えられないが、僕らの身体は変えられる」

自ら先頭に立ってバーベルに挑んだ甲斐あり、筋肉を増やしていた。ただバックス選手としては雑なパスが致命的だった。

「僕らの身体は変わっても、パスの下手さは変わらない」

そう喝破したのは末冨《すえとみ》先輩である。この先輩のぶ厚い胸板とはちきれそうな太腿は部内指折りだった。フォワードはコンバートの要請をするけれど、バックスは手放さない。フルバックとしてパントを蹴って疾走、再び球を胸に抱えて五〇メートル独走トライの離れ技を披露したこともある。地響きを立てるような疾走で相手防御を突破していく。

尻込みする気象条件でも、この先輩は真っ先にグラウンドに飛び出す気魄《きはく》の持ち主だった。極寒のある日、腰に響くと愚痴りながら鉄朗とグラウンドに飛び出た時のことである。

ダッシュした後で、末冨先輩は何かを叫んでいた。「ずさむ」と言っているように聞こえた。意味不明だった。練習後に尋ねると、古文の授業で学んだ「ず」＋寒いで「ずさむ」だという。

「ず」は本来は未然形に接続して打ち消しを意味する。文法に縛られない末冨用法では、寒さのきびしさを強調する表現が「ず」である。厳冬期の底冷えでは、歯を食いしばって「ず」とうめかざるをえない。「ずさむ」の語釈は、「まったく参る寒さだぜ」になる。

以後この俗用表現は部内で流行した。これを接頭辞として強調の意味で用いれば、会話は弾みやすい。ランパスの本数を増やすきびしいOBが練習に日参するのは「ずいや」である。菊崎主将もこの語を用いるようになった。

球技であり格闘技でもあるこのスポーツはケガと隣りあわせである。同期の二人も鎖骨を骨折した。低体温症で救急車を呼んだ者もいた。打撲や捻挫は珍しくない。負傷者の発生によって、鉄朗にも試合出場の機会が回ってきた。練習試合でトライを二度経験していた。

一回目は、スクラムハーフ太田をゴール直前までフォローしていたらパスされて二歩走ってトライ。二度目はインゴールからの敵キックをチャージしたフランカー宅山巌《たくやまいわお》こそ殊勲者。不規則バウンドで目の前にきた楕円球を鉄朗は押さえただけ。

「吉沢鉄朗。またまたごっつあんトライ」

多賀から冷やかされたのは予想どおりである。フォワード第一列の中心である上島浩《うえしまひろし》、なぜかトライの機会に恵まれない彼からの一言は身に染みた。

「あれなら五歳でもトライできる」

だが上島は笑顔に転じて、鉄朗を追いつめなかった。

一方、ウイングとしての決定力が問われる時には鉄朗ではまるで通じなかった。相手に弾き飛ばされて悔しい思いをした。

一年前の四月、新入部員としてのデビューはいまわしい記憶をとどめている。

フォワードとバックスが一体となったコンビネーションに初めて並走した時には、密集へのフォローに遅れてスクラムハーフのダイビングパスを腹部に受けて昏倒《こんとう》。回復して起ち上がると、今度はスタンドオフが蹴った球に顔面を直撃されて失神。立て続けに二度もダウンした新人は部史で初めてだった。

三年生の最後の公式戦を目前にした練習である。その十数人からのきびしい視線は辛かった。巨漢プロップ鈴木《すずき》先輩の眼光はひときわ鋭い。百メートル一一秒台の郡《こおり》先輩もラインアウトの名手細田《ほそだ》先輩もあきれかえった表情だった。

ただ一人、主将として最後の試合に臨む直沢直哉《なおさわなおや》先輩だけは励ましてくれた。

「最初は誰でも失敗するんだ。元気出していこうよ」

だが上級生の大半はこの新人の落伍を予測していた。後に鉄朗はそのことを聞かされた。「裏方で貢献してもらおうか」とか「真っ先に入部を希望してきて、辞めろとは言えない」という声もあったらしい。

だがマネージャーは盤石の体制だった。斎藤《さいとう》、神田《かんだ》の麗しい女性マネージャーは他校の選手からも憧れの存在。責任感が強くこの競技を熟知した二人は細心の配慮で部を支えていた。

鉄朗はラグビー部に迷い込んだ一人。凡庸にも至らぬ運動能力だった。でもそんな存在でも上達させる。このクラブはその信条を持ち続けていた。

さて鉄朗が二年生になった四月中旬、公式戦を五日後に控えていた。

この日の練習はアタック・ディフェンスで締めくくられる。生タックルを伴う試合形式の練習。最後のアピールの場となる。球を持てば何人かを抜いての突進が可能だった。

鉄朗もバックスとしての意識が蘇って、ついステップで相手を抜いてしまった。数プレーの後に、ラグビー経験のある一年生が正面から突進してきた。タックルを試みようとした瞬間、名状しがたい光に射抜かれていった。

意識は回復しても、何が起きたのかはわからなかった。地面の湿り気を背中に感じていた。練習前にはとうに止んでいた雨のなごりに違いない。斎藤マネージャーがタオルで目元を押さえてくれている。相当ひどい出血であることは、のぞきこむ何人もの驚きから想像できた。

「大丈夫ですか？」

最も心配そうだったのは、入部直後の一年生で猛タックラーの石川《いしかわ》だった。

救急車が到着した。付き添ってくれた二人のマネージャーの説明によると、石川と鉄朗は同時に相手へのタックルに入ろうとした。その時に二人は接触し、目尻が切れたようである。

救急車の車内はいたって冷静な反応だった。救急隊員たちも負傷が深刻でないことは百も承知であり、受け入れ病院の確保だけに手間どっていた。やがて中規模病院へと搬送された。

待合室の患者たちは血染めのジャージを怪訝《けげん》な顔で眺めていた。だがそれも一瞬である。かなり待たされて診察の順番は回ってきた。医師はわずかな接触でも、予想外の大きさの傷になることがあると述べた。看護師は裂傷の俗称として耳慣れない言葉を口にした。七針縫った。

マネージャーからの連絡で母の貞枝もかけつけてきたが、思いのほか平然としていた。一晩だけ入院して、翌日には包帯姿で退院した。

春の公式戦の第一日。早くも夏のような気温になった。大きな絆創膏《ばんそうこう》を貼って応援した鉄朗は、痛がゆい感覚に包まれている傷を意識していた。

対戦相手は初対戦の強豪校。試合前練習でのバックスのパス攻撃を見ても、水準の高さは明らかだった。キックオフ直後に、密集を突破した多賀の巨体を弾き飛ばしたのは小兵の9番だった。憮然とした多賀の姿に鉄朗も驚きを隠せなかった。わずか数分で、我がチームのOBたちの表情も曇り始めていた。

密集戦で優位に立っているのは相手だった。われらの黒ジャージは圧倒的に劣勢である。菊崎主将を先頭に攻撃しても相手は猛タックルから逆襲に出る。たたみかけるような波状攻撃。ボール出しの素早さ、ぶ厚いフォローで防御をものともしない。最後は無人の野をゴールへと進んだ。

「最後一本だけでもトライを取ろう。このままで終われないぞ」

応援席から声を上げたのは鉄朗の父である。その声援は届かないままノーサイドを迎えた。得点差が四〇点とは思えないほど、完膚なきまでに打ちのめされた。フィフティーンは淡々として円陣をつくった。菊崎主将らの代の最後の試合はこうして幕を閉じた。

菊崎主将に駆け寄って、頭を下げて握手を求めている父の姿を鉄朗はぼんやりと見ていた。


この間の練習試合では絶好調を続けていた。その手応えの中での惨敗は鼻をへし折られるような衝撃だった。とはいえ忘却は力だ。新チームがスタートすれば、敗戦を引きずるべきではない。五月連休明けから本格化した新チームの練習で、新主将の多賀は楽天的だった。

有望な新入生が一二人も入部した。粒ぞろいの新戦力で経験者も多くいた。新たなマネージャーは一年生の相原佳代《あいはらかよ》。小柄で可憐《かれん》な瞳の持ち主だった。

一年生もチームに順調になじんでいく中で、鉄朗は精彩を欠いていた。

「どうしたんだ、首を痛めているのか」

三対三のスクラム練習の際に物腰の柔らかいOBの木村《きむら》さんは怪訝な顔をしていた。

「身体が柔らかいから、フッカーに向いているよ。でもスクラム最前列はもっとプッシュ力を鍛えないと」

激励を受けてもとまどいを強めるばかりだった。一年間の急成長は幻だったのか。砂浜を走るような歯がゆさを実感していた。

多賀は高揚感に包まれていた。一年生を前面に押し出したチーム作りを構想していた。

「すごいよ。一年の春からこれだけのレベルならば前途洋々だ」

自らは10番として攻撃の要を務める。一年生に快足バックスが五人入ったことで意を強くしていた。走力とディフェンス力を強化すれば新チームの可能性は広がっていく。

二年生のフォワードに対してはさらにきびしく叱咤するようになった。

「お前たち、ぼやぼやしていると一年に抜かれるぞ。フォワードが頑張らないとバックスも宝の持ち腐れになるんだからな」

「そうだ、フォワード気合いを入れていこう」

多賀に呼応して、フォワードを鼓舞するのはプロップの上島だ。抜群のプッシュ力を持つスクラムの大黒柱。寡黙な彼の本音は、練習後に多賀のいない場所で明かされた。

「何言っているんだ。てめえがフォワードから抜けたから弱体化したんじゃないか……」

眼鏡ごしに上島の眼は笑っていた。腹に一物《いちもつ》を持っているのだ。だが練習では無様な姿をさらせないとの思いだった。

鉄朗はスクラム第一列の中央であるフッカーだった。スクラムで9番の太田が投げ入れた球をかき出す。ラインアウトでのスローイングも重要な役割だった。

だが鉄朗の弱点として槍玉に挙げられたのは、新たに習得するプレーではない。この間自信を深めてきたタックルである。相手の膝下に入る低いタックルはバックスでは評価を高めていた。フォワードに転向してから初めて問題視されたのである。多賀も全体練習で鉄朗のタックルを批判した。

「だめじゃん。やみくもに低く入っても外されたら終わりだ。強く当たってしっかりとパックを固めて、相手を制圧して倒せ。一瞬で倒れなくても相手を捕まえて、一歩でも前進すれば、有利な条件で密集が作られていく」

新入部員の前で、鉄朗のタックルの弱点は露《あら》わにされた。多賀は模範を示した。タックルバッグに激突するポイントはかなり高い。強烈に当たって、自らの足を激しく掻《か》いて相手を後退させて押し倒すのだった。

「これが吉沢のタックルだ」

多賀は再びタックルに挑んだ。驚異的な低さで飛び込んだ瞬間にタックルバッグを持っていた雲山に身をかわされると、多賀は頭から地面に突っ込んでしまった。周囲から笑いがもれた。

「低さだけにこだわるのはおかしいよ。三回に一度の成功率ではダメだ。確実なヒット、しっかりと両腕でパックすることを意識しよう」

体幹を強化し当たりを強めればタックルの精度は上がる。理にかなった指導である。それは一年二カ月鉄朗の追求してきたタックルが否定されることだった。

(このタックルで相手にぶちあたれるのか……)

非力だからこそ低いタックルは向いていた。上に入ればリスクも大きい。ハンドオフでかわされる。腰骨や膝《ひざ》に頭が激突すれば、ケガも避けられない。

驚異の突進力を誇る相手に向きあう。防御を蹴散らして進む二〇センチ、三〇キロ大きい相手にも正面から挑んでいけるか。脳震盪《のうしんとう》や裂傷も覚悟しなければならない。

一つの感情は鉄朗の胸中に育まれた。岩をも溶かすようにして噴き出してくるのだった。

この数年間、さわやかな春と秋は不意に断ちきられる。長すぎる夏は五月に到来していたのだった。六月の第三土曜日の夕食前、三日前の退部表明について父に報告した。母にはすでに伝えている。父の表情から初耳ではないと推測した。

「合宿前に辞めるとはな」思いきって決断したな、
責める口調には感じられなかった。頭髪がさらに白くなってきた父は、仕事柄その言葉づかいはていねいで、家でもさして変わらなかった。

高校でラグビーを始めた父はフォワードだった。小柄でも1番というスクラムの支柱を務めていた。学生時代は同好会でプレーを続けた。三十数年前に鍛え始めた太い首は当時の雰囲気を今も保っている。

小学生の時から一家で観戦に行く機会は多かった。運動能力に恵まれた兄の一広《かずひろ》はラグビーには無関心だった。いかつい身体になりたくないと言い張っていた。その一方で鉄朗が関心を示すことに父は期待していた。

去年の四月に入部を決断したと伝えると、父は嬉しさを隠さなかった。首だけはしっかり鍛えろ。徹底的に走り込め。レギュラーでなくても試練に耐えた経験は必ず生きると励ました。

その時、自室から高校時代のラグビー雑誌を探し出してきた。たちどころに三十数年前へと話題はさかのぼった。後に日本代表まで上り詰めた選手が同世代で近隣の学校にいたという。快足で俊敏の代名詞であるその選手にパスが渡ると、誰もがトライを確信した。数人がかりで何とかタッチラインから押し出すだけで大歓声になったという。

「身体細くない？」

三十数年前の写真では、一流選手たちの太腿は細く見えるのだった。上半身の筋肉量も今より少ないことを鉄朗は感じていた。

「当時は筋トレを重視していない。ひたすら走り込んでタックルだ」

各部位を鎧《よろい》のような筋肉で固めて鋼《はがね》の肉体にする。そのノウハウを高校生も意識しているのが現在である。筋肉の付き方も往時は異なっていた。

「練習中、水は飲めなかった。練習後に蛇口にかじりつくようにして飲んだのが忘れられない」

元運動部員たちは、なぜ熱中症で倒れなかったかと不死身の体験を全国で語り続けている。過去は詠嘆と美化の対象である。


去年の春の食卓では兄もラグビー談義を聞いていた。父の興奮していた姿は記憶に残されている。自分を語りたがらないはずが、若き日を語っていた。

今宵の食卓は三人だった。ラグビーを始めてほしいという父の期待に応えなかった兄は、退部で父を失望させることもなかった。父を一度は喜ばせた自分は、こうして失望させている。

朴訥《ぼくとつ》で無口な男でも饒舌《じょうぜつ》になりうる話題。一〇代の後半から四十数年間も愛着を抱き続けてきた競技である。ラグビーは人間を酔わせる力を持っている。汗と泥にまみれて痛さにも耐えてきた。その感覚を当事者意識として、今なお父は持ち続けている。

なぜ退部するのか。その説明抜きに今宵《こよい》は逃げられない。何を語れるだろうか。

「ほらぐずぐずしていないで。食べましょう」

母にうながされて鉄朗は食卓についた。沈黙はしばし続いたが、肉じゃがの味付けは濃くないかと母が発したひと言から会話が始まった。

「生活もこの機会に見直すのね」

クラブを辞めたのだから、早弁もしないようにと気の早い助言を始める母だった。泥だらけのジャージを洗濯し続けてくれたことに鉄朗は感謝していた。

「この先、どうするんだい」

グラスを傾ける父の機嫌は悪くない。何もプランはないと語る鉄朗にほほえみかけて言った。

「トライチャンスは実社会でも稀だよ。自陣ゴール前から苦しまぎれのタッチキックで窮地を逃れる連続だ」

「お父さんは蹴れないわ。密集の下で踏まれてばかりで」

「いや踏まれてはいないけれどね。じっとしているだけだ」

ラグビー通である母の一言に、父も力なく笑った。

「バックスならば辞めなかったのか。フォワード転向でフッカーになったから嫌だったのか」

それは違うと鉄朗は反論した。公立高校のチームでも、この鈍足ではウイングやフルバックは務まらない。今からスクラムハーフの控えになるのも無理だ。フォワードならばフッカーが妥当かもしれない。スクラムやラインアウトでの専門性も向いていると思う。

「じゃ、なぜ嫌になったのか」

「嫌になっていないよ」

「フッカーに注目するファンは少ない。でも玄人はこのポジションの重要性を承知している。昔よりは球を持って走れる機会も増えているのだ」

父の議論は、ウイングがコーナーフラッグへと疾走するように一つの方向に収斂《しゅうれん》されていく。

一つのトライをどう見るのか。日本代表クラスでも一つのポジションで同レベルの選手が何人も存在している。たまたまその選手が出場しているにすぎない。

トライまでの流れにおいて、他の選手の好プレーも存在している。観客は気づかない密集戦での献身がトライにつながっていく。父のおきまりのラグビー論である。

「でも記憶に残るのは、最後のトライシーンだけだもん」と母は率直に疑問を述べる。

「観客の記憶に残ろうと誰も思っていないさ。一人のトライゲッターも、子ども時代から多くのライバルと張りあってそのポジションを獲得した。グラウンドで闘えるのは幸運に支えられているわけだ。それを一将功成《いっしょうこうな》りて万骨枯《ばんこつか》ると片付けるべきではない」

「お父さんもワンオブ万骨ね」

母の問いかけに対して、父はうなずいた。

「そこで一首。どうだ」

「一首って。きらめく妻としてかしら」

「よろめく妻でもいい。ラグビーを詠んでみたらどうなるかな」

母は最近戯《ざ》れ歌を詠むようになっていた。それが困りものである。臆面もなく名歌を拝借してくる。時には新聞の歌壇から借用してしまう。本歌取りとは異質なので、歌詠みからの顰蹙《ひんしゅく》は避けられない。だが家族への贈答歌にすぎないと言って、母は平然としていた。

長考する必要はなかった。母はお茶を一口だけ飲んで三首を披露した。

今日もまたボール触れぬ第一列ノーサイド後に胸に抱けり

トライへと躍動せりし友の顔眺めし我は密集の下

消え去らぬ闘球の日々今もなお銀行にあらず永遠なる銀河

「即興では無理よね」と母は照れていたが、父の評価は温かかった。

「こういう素朴な歌はいいな。今日は名歌に頼っていない。上達したんだ」

「所詮、気晴らし程度なの。晶子の歌を眺めても天才は違う。自分には才能は皆無とわかる。ラグビーは短歌になじみにくい」

プレーなどに立ち入れない。専門用語を並べても五七五七七では無理だ。銀行の窓口業務を歌にしても何の感興もわいてこない。それと同じだと語った。

「当たり前だ。叙情を心に秘めて、密集戦に突っ込んでいけるか。銀行の業務も同じだ」

ラグビー様々で難関の銀行に就職できた。体力と組織への忠実な献身が期待されたに違いないと父は公言していた。中規模の銀行においても会社は巨大な伏魔殿《ふくまでん》。どのセクションも独自の生態系を持っていて、外部からも内部からも全体像など見えはしない。

「何にも考えないことが一番なんだよ。流れに身を任せて」

自嘲しつつ、淡々と話す父だった。自らの会社を語ろうとするのは初めてだった。

一つの部や支店は巨大な集団である。一人ひとりの運命を蹴散らして集団は疾走する。業界の再編もすさまじい速度。苛酷な境遇にも耐えた。同期入社組も今では疎遠になっている。

(何十年間を二〇秒でまとめれば、抽象的になってしまうのか……)

鉄朗は殊勝に耳を傾けているそぶりをした。

「悩まないことだ。そうすれば耐えられる」

再び楕円球の世界に父は戻っていく。他人と肩を寄せあうことに疑いを持たなかった日々。第一列の三人は体を密着させ、後からは両ロックが首を突っ込み、一枚岩となった。何日も洗濯していないジャージ。その匂い。全身で実感する相手の衝撃。たび重なるケガ。ラグビーを表現するとはその感覚に関わっている。

鉄朗の退部と自らの軌跡とを父は連結させている。短歌も重ね合わせている。ラグビー讃歌だけではない。時にその思いは屈折するのだろうか。

「心からやりたいことをやればいい。惰性で続けたり、無理をし続けたりする必要はないわ」

母は常にこの調子である。息子を無理に励まさない。勉強も同様だった。

「価値観は変わってきたのよね。昔は何よりも全員で結束するという時代でしょ。従順さが何よりも必要で、個人は二の次、三の次だった」

集団の価値観とは別の物差しを持つべきである。会社員以外の道を選んでみたらと母は勧めるのだった。さらに一言付け加えられた。

「あなたはプレーよりも解説の方が向いている」

図星であり悔しかった。新入部員としての観戦で相手チームの防御陣形の穴を指摘して感心された。その一瞬には期待されていた。プレーを見て周囲は失望し納得した。

鉄朗が自室に戻ろうとする時、父は呼びとめて言った。

「辞めたいと思い始めた瞬間について、いつかみつめ直してみてくれ」

あすなろ文庫

月曜日、鉄朗は学校からまっすぐに帰宅した。四時には最寄り駅に着いていた。

駅前のロータリーですれ違った若い女性の若草色のワンピースが目を引いた。二人の幼子を連れた長身の母のほのかに日に焼けた首筋から上腕の質感は美しかった。優美なまなざしでこちらを見た。変わりばえしないブレザー姿と身長の低さゆえに気後《きおく》れするのだった。

以前は、ランパスの往復ダッシュに明けくれて、激しい息づかいを続けていた。その同時刻にこの街でのどかに散歩する人たちを目にしている。午後四時の好対照を初めて意識した。

クラブ活動の中学生は、英語を交えたかけ声で嬉々として走っていた。坂の多い街は駅伝練習に好都合である。鉄朗が卒業した中学校は陸上の強豪校として知られていた。

つい先日まで、運動着で疾走する群れにいた自分は今や群れから離れていた。一つの群れを離れてどこに足を踏み出すのだろうか。でも視界は変わっていくに違いない。

一年数カ月は心底疲れきって家にたどり着いていた。空腹を満たして勉強を始めれば、睡魔は容赦しなかった。安全ピンで手を刺して眠気を除去しようとしても、意志薄弱ゆえに結局寝てしまう。成績は低迷し続けていた。四時に帰宅すれば一眠りして好きな本も読めるだろう。

火曜日、母から誘われて町内の下川邸を学校帰りに訪ねた。母の親友である下川啓子《しもかわけいこ》は自宅で補習塾を営み、あすなろ文庫を主宰してきた。二歳上の兄の同級生の親同士として、母は啓子と知りあった。私設文庫のスタッフの一人として協力する間柄だった。

祖父の代から啓子はこの地で暮らし、結婚後も実家の敷地内で暮らしていた。小学校教師は四〇歳で退職して塾を始めた。敷地内に塾と文庫のための一棟を増築していた。

この町には江戸期からの農業用水がある。その流れに沿って鉄朗の家から一五分歩くと、緑あふれた敷地に塾用の二室と文庫からなる別棟が建っている。

コンクリートで外観はいかめしくても、室内は落ち着きを感じさせる。天井も高く陽光を自在にコントロールできる窓がある。風格のある木材は部屋の魅力を高めていた。ゆったりとした間隔で配置された書架の脇に旧式のストーブ、ランプ、燭台《しょくだい》なども設《しつ》えられている。座布団に座って、大きな円卓で本を読めた。静かな曲が常に流れている。


啓子館長は読書家であり、英語も堪能だった。洋書を読む姿に憧れると、鉄朗の母は尊敬の念を持ち続けていた。地域に長らく根を張っている旧住民として、町の情報にも通じていた。

この日、母は一足先に文庫に到着していた。ラグビー部退部はすでに啓子館長に伝わっていることに鉄朗は恥じらいを感じた。思いのほか斬新な視点で啓子館長は語り始めた。

スポーツでも幼児からの英才教育は当然である。大人を打ち負かす小学生アスリートさえ続々と登場するご時世《じせい》に、高校から新たなスポーツは無理だろう。「too late」と表現しながら、早く見切りをつけて大正解と語った。

「こんなに本が好きな人だもの。本を読めない生活を無理に続ける必要はないわ。スポーツは得意な人に任せればいいの」

すべてには同意できなかった。ラグビーも小学校から始める子は増えている。でもスポーツの競技種目は多様なので二〇歳を過ぎて新種目に挑戦してトップクラスの選手に成長する事例も数多い。自分には才能も力もなかっただけで、高校での挑戦は遅すぎない。「too late」説に従うならば、英才教育に無縁だった者は大学受験さえ困難になってしまうではないか。

会話に入りたがってきた母とバトンタッチして、書架で本を見始めた。棚の印象は以前とは異なっている。近年は購入予算が乏しくて、寄贈された大人の本が増えている印象だった。

鉄朗はこの文庫での一人の時間を好んできた。学校の図書室や市立図書館よりもさらに親しみ深い場である。母は鉄朗の愛着の由来を解説してみせた。幼い頃は、この部屋に来て走り回っていた。困り果てた啓子が脇の下をくすぐると興奮して大声を出して、馬乗りになろうとした。毎回その一時を経ると読書に没頭する。ほどよい興奮が読書熱に転化したという説だ。

ここで読書に集中できるのは室内の雰囲気と来館者の少なさだろう。聞き上手の啓子は、幼い鉄朗にも程よい距離感をとっていた。頃合いを見て小さな窓から会話に導いてくれた。

「いやだー。何よこの文章」

この日、母が示した一行をのぞき込んだ啓子館長も驚きの声を発していた。疑問を投げかけたのは、ある児童文学者の戦後体験を描いた一冊。児童文学は大人の文学より一段低いという記述に思わず反応したのである。

「一人の作家、一つの作品を吟味すべき。十把一絡《じっぱひとから》げにして序列をつけるのは、文学への姿勢としていかがなものだろうか」

啓子館長の言葉を受けて、レッテルを貼りたがる人は多いと母も同意を示した。安易な考えほど影響力を持ちやすい。権威や序列意識に無防備になりたくないと啓子はさらに補足した。

書物談義は尽きなかった。活字離れの進行は、書物への敬意と緊張感が失われている現実。話題性と格付けだけを重視する人は多い。書物への真摯な批評は近年さらに衰えている。

二人の話題は、戦前の文士の生活へと転じた。林芙美子《はやしふみこ》のように貧乏と波乱万丈を乗り越えて成功した書き手と現代の作家とはどう違うのか。

「今は筆一本で生活できる人は稀でしょ。戦前の文士はもっと尊重されていたはず」

啓子館長の発言に対して、鉄朗の母も同意した。いつもと変わらぬ抑揚と音質で、忙しい洗濯機のように二人の会話は続いた。

鉄朗は三冊の本を借りることにした。熊野古道、芥川龍之介《あくたがわりゅうのすけ》、ガウディについての本。小学生の女の子二人が訪ねてきた時に入れ替わるようにして屋外に出た。

日没までまだ間がある午後五時一五分、用水は前日までの雨で水かさを増していた。数人の小学生たちは裸足になっている。ベンチに腰を下ろして何気なく水面を見た。

この四日間、初めての挑戦を続けてきた。電源を切り続けてきた最長時間だった。潮時だと思ってバッグからスマホを取りだした。電源を入れると届いていたメールは四通だった。

「退部の意思を知り、驚きました。責めるつもりはない。一度みんなで話さないか」

副将の太田は三時間前に書いてきた。華奢《きゃしゃ》だが俊敏でスクラムハーフこそ適任だった。童顔でよく響く声をしている。

山上正《やまがみただし》は長身のロック。ラインアウトの要。その文面には怒りさえ漲っていた。

「遠距離通学だからと入部を断った俺を入部させた張本人がなぜ辞めちゃうの。無責任だ。フォワードの俺たちに一言もなく、多賀だけに挨拶して抜けるなんて」

武下徹《たけしたとおる》はフルバック。凡プレーで多賀によく叱られる。甘ちゃんの彼も困惑している。

「裏切られたと多賀は怒っているよ。この先、練習はもっときびしくなるかと思うと心配だ」

三人のメールを読んだ後に、最初に届いた一年生のマネージャー相原佳代の一文も見た。

「先輩の退部に驚きました。とても残念です。いつかお話しできればと願っています」

作成済みの文を鉄朗は三人に送ることにした。

「ご叱正《しっせい》の言葉、謹んで拝読しました。今後異なる道を進みますが、御恩は忘れません。長年のご愛顧、ご指導とご鞭撻《べんたつ》に深謝を申し上げ、益々のご発展をお祈りいたします」

閉店セールの張り紙、退職挨拶のハガキなどを見て文章を作成していた。以後の応答は控えることにしよう。長年のご愛顧という表現は変だけど、長時間練習に耐えてきた自嘲ゆえの一節だった。

三人にメールを送信した。件名は「ありがとう！　みんな」とした。

これで終わった。一年数カ月、挑み続ける壁でもあった仲間との間柄を変える。

立ち上がって路上の小石を用水めがけて蹴りこんだ。通行人はその音で思わず振り返った。ゴールポストの真ん中をゴールキックは通過した。一つの試合を終えた気分になっていた。

家までの道のりを可能な限り早足で歩いた。田園都市線と南武線の二つの駅を持つ町、その駅前から十数分の平凡なマンションの五階に鉄朗は住んでいる。帰宅しても母はいなかった。ベッドで寝そべりながらつい眠ってしまった。目ざめてもまだ六時すぎ。さわやかである。

手提げ袋から三冊の本を手に取った。ガウディは兄から教えられた。祖母の実家は熊野古道まで遠くない。以前に読みかけて挫折した芥川にもう一度挑戦してみたかった。

三冊を本棚に入れようとすると、見慣れない絵本に気がついた。母の習慣である。文庫への寄贈図書を受け入れる際に提供された書物を息子たちに見せていた。読みたい本があれば短期間読んでもいい。文庫への収蔵が遅れても構わないと館長の了解もとっていた。

（高校生が今さら絵本かよ……）

その表紙に描かれていたのは少年と馬。『やさしい木曽馬』という書名から馬の種類はわかった。競走馬の流麗な馬体ではなくずんぐりとした姿である。

舞台は長野県木曽地方の開田村《かいだむら》。昔から農耕のためにこの地域では馬を飼い、家族の一員として大事に育てていた。

今から八〇年ほど前の日中戦争の時代。ある家族に可愛がられていた松虫号《まつむし》という馬は軍馬として徴発された。軍隊で必要だからと金との引き換えで手放すことを求められた。一家は別れを惜しんだ。数カ月してその飼い主も中国の戦場へと出征する。その一カ月後、石家荘《せっかそう》の近くで多くの馬を連れた別の部隊と遭遇した飼い主は、何百頭の中に松虫号を発見して驚愕した。松虫号も今や兵士となった男を覚えていた。この馬の好物である大福を食べさせて馬体をさすり続けた。馬も飼い主に何度も首をすりつけてきた。

翌日、早朝に松虫号の部隊は出発してしまい、男は二度とその姿に出逢うことはなかった。

庄野英二《しょうのえいじ》さんの文章ですぐに読める一冊だった。馬と飼い主の情感がにじみ出ている。あとがきには実話と記されていた。背中が汗ばんできたので、シャツ一枚になった。

この絵本の主人公は馬である。人間ではない。鉄朗はぼんやりとそのことを考えていた。

馬が戦場へと送られたことは中学校の時にニュース映画の映像で見ている。亡き祖父も中国戦線にいたらしい。ただ数十万頭もの馬が戦場へと送られたとは初耳である。その一頭ずつに飼い主はいたのだろう。松虫号は稀有な存在だったに違いない。

戦争は遠い時代のことである。身内のただ一人の戦死者である父方の祖父の兄はフィリピンで一九四五年に戦死したらしい。鉄朗の生年である二〇〇二年よりも五七年前に溯《さかのぼ》ることになる。父の生年よりも一三年前で、父にとっても全く縁遠い存在だという。


松虫号の好物には驚かされた。馬の好物はニンジンだとばかり思っていた。大福や五平餅《ごへいもち》を好むとか、味噌汁まで飲んでいたとか、少し変わった馬だと思った。

馬と直接ふれあったのは、旅先での乗馬だけである。それ以外で印象に残るのは、牧夫が馬に跨《また》がって羊たちを誘導するテレビの映像だった。競馬中継ではパドックを周回する馬たちの毛艶の美しさに引き込まれる。快速で疲れを知らない走りに畏敬の念を感じていた。

その時ドアは強くたたかれた。まだ夕食を食べないのかと母は不思議そうである。

就寝前にネットで検索したい語があった。
人生　確率
松虫号の絵本についての関心は、確率というテーマにも関わっていた。人生の可能性は確率でどう説明できるのか。生煮えの関心をこの間抱いてきた。
出征した飼い主と松虫号が中国で再会できた確率。それはどれほどの奇跡だったのかを考えてみた。冠雪で山の様相が一変するように、確率を新たな角度からみつめ始めていたのだ。

短期間での豹変《ひょうへん》である。三月に中学の同級生からスポーツに熱中する高校生活などありえないと言われた時には顔を歪めてしまった。その直後に鉄朗は揺れ始めていた。将来像は真冬の屋外プール並みに空っぽだったから。

一〇〇歳まで生きる確率。志望校に合格できる確率。恵まれた仕事につける確率。三年後の構想も真っ白では、その計算も無意味である。黒でも青でも緑でも構わなかった。基調となる色を決めていればより淡い色を選べる。好みの色さえわからないという現状だった。

人生の可能性を確率から考える。生きる目標を見定める。その二つはどう連関していくのか。関西の大学で学び始めた兄からの一言は気づきを与えてくれた。

「一流選手になる可能性はゼロ。それを自覚してラグビーに熱中することにも意義はある。汗だくで走り回ることだって、将来に向けて無駄ではないさ」

兄は建築学を学んでいる。建築家の創造性だけで建物は完成しない。汗を流し、頭を働かせて現場での作業を担う人こそ欠かせないことを強調するのだった。

上半身裸になり、鏡の前に立ち尽くした。二週間前まで練習に励んでいた鉄朗の身体は変わらぬ筋肉を保っている。二カ月前の目尻の傷跡はくっきりと残り、今も突っ張るような感覚を示していた。だがこの傷ゆえに退部を決意したわけではない。

負傷後もジャージを着れば無心だった。一流選手になる。一流校に勝てる。その確率はゼロで構わない。猟犬の群れのようにまっしぐらに楕円球を追い続ける。群れの中で個の輝きを放っていけると思っていた。

スクラムに苦闘していた。握力と背筋の弱さは3番の上島からお見通しである。

「もっと強く握れ。パックを固めずにスクラムを押せるか。フッカーもしっかり押せ」

五月以降に何度もスコールに見舞われた。パスの難度は雨天で一挙に増す。ノックオンを繰り返さないようにと、皆で励ましあった。猛練習に耐えていけば夏合宿を乗りこえていける。たえず未来への目標を確かめてきた。

鉄朗の思いは、練習後に燃えたぎる地層として頭をもたげてきた。家に帰るとその熱と冷気は膨れあがってきた。無秩序な振動のようでいて感情を織りなす作用を持っていた。

タックルへの恐怖を克服できなければ、この競技の立脚点は腐食していく。たとえ数十人に一人の超弩級《ちょうどきゅう》の選手に向けられた感情でもそれだけは恥だという自覚を持っていた。

時計を見ると二時を回っていた。一年二カ月、燃えたぎった身体と心をしばらく冷やし続けてみたい。屈託なく生活してみたい。今は眠ることだ。消灯後しばらくして、上島からは何の連絡もないことに気がついた。その思いを消し去って、眠りに落ちていった。


数日後のホームルーム。

担任の守下《もりした》先生の発案で四月から始まった二分間スピーチ「この際言うよ」は鉄朗の順番だった。毎日一人ずつで内容は自由。この試みは学年全体に広がり始めていた。

二〇〇一年世代の自己表現をめざそう。数学教師らしからぬ発案だった。鉄朗には最初から抵抗があった。自分は早生まれである。世代論とは昔から延々と語られていると聞いているが、有効なのだろうか。

羞恥心を背負わない軽妙な自己表現。この感覚を備えた友人は周囲にも少なくなかった。このスピーチでも創作ダンスを披露する女生徒がいた。着ぐるみも時々用意されていた。

芸達者でない鉄朗は、一夜漬けの準備さえせずに古風なスタイルで挑んだ。

教壇に上がっていきなり絵本を高く掲げた。背伸びしても背が低いのでたかが知れている。一瞬間をおいて話し始めた。

「もう八〇年前になりますだ。おらの家では松虫号という馬っ子を飼っていたんだっぺ。みんなの家でも馬っ子ば飼っていたやろ」

木曽方言さえ調べていなかった。泥縄で笑いを取って意を強くした。

「嫁ッコよりも可愛かったずら」

飼い主の気持ちをにわかに仕立て上げた。

「サラブレッドとはまんず違うわ。胴が長い。足は短くて太い。あそこもでっかいどう」

話をつなげるためには安易さも必要だった。

軍馬としての徴発は名誉でも、愛馬との別れは辛かった。後を追って中国戦線に従軍した一カ月後に再会とは信じられなかった。大福や五平餅を食わせて愛撫《あいぶ》した一夜。翌朝その姿は消えていた。もうその馬の所属する部隊を探すこともできなかった。

物語の平明さに助けられて、随所に脚色を試みた。最後に本を閉じて外を眺めながら語った。

「おらが言いたいのは、多くの馬っ子が犠牲になった戦争はいけないという結論ではないねん。これはどれほど稀有な話だんべ。松虫号との再会は何万分の一か、何十万分の一の奇跡なんか。それが気になる訳だに。この確率の計算を守下先生に教わろうよ。そだねー」

話を結ぶと、まずまずの拍手を集めることができた。守下先生は一言だけ補足した。

「各地の方言が飛び出すので驚いたね。難問はいずれ考えてみよう」

黒石芽香《くろいしめか》と前原《まえはら》あずさは絵本を見たいと鉄朗の席にやってきた。凸凹《でこぼこ》コンビである。

ストーリーよりも斎藤博之《さいとうひろゆき》さんの絵に興味を持ったらしい。二人がともに推した絵は多色刷りの挿絵ではない。魅力ある挿絵ばかりで一点に絞れないという。赤紫色の地に白線で群れて走る五頭を描いた見返しに感服していた。画家の力量はここで十分に示されているという。

「キュンと来る。蹄《ひづめ》の音。たてがみは風に揺れ、大地もうごめき出す。馬糞もすごい量だ」

演劇部の前原あずさは情感をこめて表現した。小柄で愛くるしい姿。艶やかで鍛えられた発声である。以前に馬の世話をした経験を持っているという。

「まるでラグビー部みたい。群れながら走って。それでこの本に親近感持ったわけね」

長身の黒石芽香は独り言のように同じ絵を批評した。鉄朗はそれに感心した。

この絵からラグビーを連想できるとは見巧者《みごうしゃ》だ。密集した一団が直進して楕円球をつなぐ戦術。広い間隔での躍動的なライン攻撃とは異質である。

「馬ほど美しくないけどな……。いや、もう退部したからラグビー部とは関係ないよ」

鉄朗の語気は少し鋭くなった。

「まあ落ち着いて。絵本について語っているの」

芽香の瞳は鉄朗よりも高い位置にある。クラスの女子で随一の長身。バスケット部で期待されながら、早期に退部した。読書意欲が高くて頭の回転も速かった。

「演劇部では時々絵本の朗読もしているわ。素敵な絵本をまた教えてね」

あずさは屈託のない笑顔だった。愛らしさで人気を集めているだけのことはある。その場を立ち去りながら、もう一度振り返って鉄朗にほほえみかけた。

二人の後に、柔道部の荒くれ者並河博人《なみかわひろと》が待ち構えていた。

「吉沢、馬みたいに巨大なチンポを持てる人間の確率は何パーセントだ」

「鮫《さめ》の脳みそで考えてみろ」

鉄朗はとっさに切り返した。一瞬ひるんだ並河は再度にやけながら迫ってきた。

「吉沢、猿が人間になれたのは労働の賜物ではない。休まず交尾し続けたからだ」

思わず絶句した鉄朗は、空席を指さしながらつぶやいた。

「猿が人間に進化したのではない。猿は人間に変化しただけである」

野球部の大野康文《おおのやすふみ》の席だった。猿顔と言われても笑顔を隠さない堅守の二塁手。その席を指さすと並河も思わずほほえんだ。

ささぶね教室

　七月二日の月曜日、六時間目の数学で鉄朗は居眠りをしてしまった。守下先生は授業終了後に緊張気味に近づいてきた。叱責を覚悟したら、予想外の展開が待っていた。

　この前のスピーチに刺激を受けたという。遠慮がちなので奇妙な感じだった。

　他校の先生が松虫号の存在を初めて知って、君に会ってみたいと言っている。思いがけない話とともに守下先生はスマホを取りだした。一枚の写真を示した。ここにその先生は写っているはずという。一〇人ぐらいの集合写真。だが四〇代から五〇代の女性という条件に当てはまりそうな人は何人かいるので特定できなかった。

　なぜ他校の先生が松虫号の件を知っているのだろう。鉄朗は不思議に思って尋ねてみた。

「いや、それには事情がある」

　守下先生の親友は近隣の私立高校に勤務している。その同僚で世界史の専任教員を務めていた女性が、現在は非常勤講師。日本の戦争を市民と学ぶ連続講座を開催している。夏からの講座では軍馬をとりあげながら戦争の時代について学ぶらしい。

　守下先生は、その講座について親友から以前に聞いていた。先日の鉄朗のスピーチに驚いて、親友の先生に報告した。そのメールは笹野志乃《ささのしの》先生という講座の主宰者に転送されて、本人からの返事として昨日守下先生宛てへのメールが届いたという。

その返信には松虫号という軍馬は初耳である。ぜひその生徒さんに会ってみたい。火曜日の放課後でも、学校が近いのでお会いできませんかとの提案が記されていた。守下先生も同席したいとのことである。社会科研究部部長の女生徒も誘ってみたいという。

翌日、藤野里沙《ふじのりさ》さんという社会科研究部の二年生と初めて出会った。気さくな感じで安心した。ショートカットの利発そうな顔立ちである。

守下先生の車に二人は同乗した。何となく妙な展開だと鉄朗は思い始めた。学校とは無関係でも教頭先生に了承を得ているので心配は無用。守下先生からの一言で、かえって微妙な空気を感じることになった。

松虫号の絵本を持参した鉄朗は押し黙っていた。藤野さんは快活な口調で、部の現状について先生に話している。何度か鉄朗の方を見た。元ラグビー部だと自己紹介した。

「藤野さん、足は速いの。五〇メートルは何秒ぐらい」

「八秒ジャストぐらいかしら」

「速いじゃん。ウイングだって十分に務まるよ」

藤野さんは素直にほほえんでくれた。人を見れば、ラグビーのポジションをすぐ考えてしまう性癖は退部しても変わらずだった。

待ち合わせ場所は市民会館のロビーである。やがて三人の前に現れた笹野先生は華やかな容姿だった。手足は伸びやかで身のこなしも若々しい。オレンジのワンピースは日焼けした肌に似合っていた。恭しくお辞儀する三人に、突然にごめんなさいねと挨拶した。

守下先生の対応を見て、鉄朗はにやけてしまった。年齢を四〇代から五〇代と表現したアバウトさについてである。溌剌《はつらつ》とした本人を前にして、守下先生も高揚していた。

コーヒーを飲みながら、四人は馬への憧れを語り始めた。

テレビの映像で牧夫という仕事に関心を持ったこと、韓国の済州島《さいしゅうとう》旅行でも小さな馬に試乗したことを鉄朗は話した。藤野さんは東山魁夷《ひがしやまかいい》の描く馬に憧れを持っていると語った。守下先生は北海道のばんえい競馬を見物したことがある。笹野先生は世界史の授業で馬を意識してきた。栗毛の美しさ、走っている躍動感にもひかれるという。

笹野は発音しづらいので志乃先生と呼ばれてきた。先生の自己紹介はそこから始まった。三年前の早期退職は、日本の戦争を市民が学ぶ場を主宰するため。大学では西洋史を専攻したが、昭和史を本格的に学びたいという意欲を長らく持ち続けていた。それを定年まで先延ばしにしない。その決断による退職だった。収入は激減して貯金を取り崩して生活しているという。

偉い先生の講座ではない。主体的に学び、討論できる場をつくりたいという趣旨だという。

「昭和史研究のぶ厚い蓄積は驚異的だから。受験生みたいに勉強している」

周到な準備をして、毎年一月と七月から五カ月間の講座を開始する。急ピッチで今週土曜日の開講の準備を急いでいた時に思いがけないメールを一読したのだという。

「びっくり仰天だった。松虫号の話は全く知らなかった」

二人にも講座にぜひ参加してほしいとの要請に、鉄朗は思わず硬くなってしまった。

「高校生にとってはレベル高すぎますよね」

「もちろんその通りです」

守下先生の問いかけを、志乃先生は無条件に認めた。読書好きで勉強熱心でなければ無理だろう。それでも全回出席し続けた高校生はこれまでに何人もいる。

「学校の授業とは、まったく違う内容ですね」

「オブコーズ　イエス」

藤野さんの問いかけに、志乃先生は姉のような親しみをこめて答えた。

教科書を学ぶ授業ではない。書物だけでなく史料や証言に出会うことを重視する。自ら調べて考える。討論は添え物でなく、大事な目的である。

「毎回のように激論になりますよ」

藤野さんは緊張をかくせない様子だ。志乃先生はこの講座の歩みを語り始めた。

九〇代の受講者も少数いる。戦場体験を持つ人も以前は参加した。八月一五日の玉音《ぎょくおん》放送を知る世代は多く健在。とはいえ世代ごとに歴史への向きあい方が整然と区分されるはずはない。一人ひとりの学びの蓄積は多様。価値観も歴史観も異なっている。それを尊重したい。史料に基づいて冷静に学ぶ。自由な意見の表明を妨げない。

「ある方向に誘導したり、何かを結論として示したりというスタンスはとりません」

それを常々意識していると志乃先生は述べた。講師は自由に話す。受講者も遠慮なく意見を表明。その意見は何を根拠にして導き出してきたのかを各人は説明していきたい。

「日本の戦争は正しかったという人も参加しますか」

守下先生の表情もかすかに緊張感を帯びている。

「高齢世代の多くは当時そう考えていたはず。そこからどう歴史をみつめ直してきたかは一人ひとりで異なっている」

まずそれを自覚したいと志乃先生は述べた。三一〇万人の自国民が死亡し、二千万人のアジア民衆を死に追いやった昭和の戦争。その戦争を丸ごと肯定して、再現を願う人は存在しない。平和への思いは当然なのだと述べた上で藤野さんの方を見た。

「でもね。学びにはたえず新たな問いかけがほしい。侵略戦争は擁護できるはずない。でも現在の価値観だけで八〇年前を裁くことは不可能。紋切り型ではない視点で新たな発見はできるのか。未来につながる問いとは何か。それはいつも問われている」

従軍慰安婦、南京事件、昭和天皇の戦争責任など激論になるテーマもこれまでに取り上げてきたという。沖縄戦、空襲、原爆についてくわしい人も受講している。

「行く川の流れは今も絶えていない。そのことは重要ね」

日本の戦争をみつめてきた人たちの存在を、志乃先生は川なり水辺というイメージで意識するという。一本の大河ではない。各地に多様な流れとして存在し、新たに湧き出る水源もある。多くの事実が解明され、歴史像は問い直されてきた。市民の知り得ることは限られていても。

「私たちは小さな笹舟。漕ぎ出したばかりのちっぽけな存在。権威など持っていないわ」

「すてきじゃないですか。私も参加できますか」と守下先生は真顔になった。

「学び、考えたい人は大歓迎。教師としての裃《かみしも》を脱ぎ捨ててよろしくね」

教えさとすという意識を今や捨て去っている。教師よりもファシリテーターとか同行者という語の方が共感できると述べて、志乃先生は鉄朗に向き直った。

「悪い癖ね。いつも話は長くなってしまう。松虫号そして東山魁夷と馬について関心を持つ二人も参加してくれないかな。あまりにも急すぎるけど」

「でも今年は勝山《かつやま》号という馬を中心にした講座ですよね」

藤野さんは予定表を見ながら尋ねた。

「いえ勝山号についてのくわしい報告は一度だけ。軍馬を昭和史の中でみつめていく。歴史へのスタンスと関心テーマも各人で違う。独自の問題意識を深めていってほしい」

志乃先生は補足した。この間軍馬について勉強したが、松虫号は知らなかったと語った。

「消息も永遠に不明のままでしょう」

数十万頭送られた馬のほぼすべてが同じ運命だ。でも飼い主と遭遇した松虫号は本に書かれることになった。信じられない再会だと先生は述べた。その点、勝山号は軍馬のスター的な存在。戦後もテレビや新聞などで時折は紹介されてきた。でも今は大半の人が忘れているはず。

先生は鉄朗に向かってほほえんだ。

「ミニ報告では受講者が二〇分話せる。松虫号を紹介してもらうのは大歓迎よ」

「そ、それは困ります。高校生の分際でおかしいです。絵本で知っただけなので」

「この際言うよ」の二分間を鉄朗は後悔していた。三人はそのあわてぶりを見て笑った。

「ラグビー部だったそうね。小柄だけど勇敢ね」

「でも退部しました。自分にはもう限界だったので……」

「そうなんだ。新たな挑戦を始めるのね。この五カ月だけ、講座に出てみないかしら」

鉄朗は沈黙を保った。守下先生は話したくてうずうずしている。

「愚問ですが、馬も牛も人間と同じ言葉を話しませんね」

「はい。犬も猫もですね」

「でも高度なコミュニケーション能力を持つ人間は、あまり内容ある会話をしませんね」

「『どうも』とか『すみません』とかね。空気を読んでいるだけの人も多い」

四人とも思わず笑みを浮かべた。

「人間と動物との関係を通して、斬新な昭和史像に迫るのでしょうか」

「鋭いご指摘。その通り。でもそこまでわかっていれば参加する必要はないかな」

志乃先生が茶化すと、守下先生は過剰に反応した。

「ごめんなさいね。四《し》の五《ご》の言うので混乱したでしょ」

「それってまさか、おやじギャグですか」

「おばんギャグです」

志乃先生と守下先生は二人で呵々大笑《かかたいしょう》している。すっかり打ち解けてきた四人の初対面の最後は女性同士の会話で華やいだ。

「先生、もしかしてダンスやっていませんか」

「何でわかるの。高校生の時から好きで続けているわよ」

「嬉しいです。私も母もダンスが好きです」

二人は思わず手を取りあうのだった。

志乃先生の瞳は印象的である。中学生の時に市民会館で見たイタリアの名画、あの主役の女優に似ていることに鉄朗は気づいた。でもタイトルを思い出せなかった。ダンスが似合う志乃先生は躍動的な印象である。守下先生がもそっとした大型牛ならば、志乃先生は若々しい牝馬《ひんば》、しなやかな肢体の鹿というイメージも近い。

馬たちはどう生きるか

帰宅した鉄朗がドアを開けると、大きないびきが聞こえてきた。ソファーにもたれて母は居眠りしている。最近とみに疲れやすいと嘆いているのだった。

読みさしの短歌辞典が机の上に開かれていた。愛の歌の頁を読んでいたようだ。

鉄朗に気がついた母は起ち上がろうとした瞬間によろけて、思わず高い声を上げた。

「いやだ。また足元が揺れている。よろめいてしまう」

母はたまらずソファーに腰を下ろした。健康診断は異状なし。でも心身の不調は続いているので最近は鍼《はり》にも通っていた。

美人薄命との一言は、父と鉄朗から一笑に付されている。五〇歳を超えて心も身体も変化してきたという母はなぜ短歌に関心を持ち始めたのか。それを尋ねるのは少し照れくさかった。

鉄朗は自室で志乃先生に手渡された資料を読んでみた。

受講者のための手作りのリーフレットには昭和初年から一九四五年までがまとめられている。明治維新以降の歴史も概観できる内容だった。

そのリーフにＡ４一枚が挟み込まれ、勝山号という軍馬が紹介されていた。

○勝山号（一九三三［昭和八］年五月七日〜一九四七年六月四日）。父・アングロノルマン種ランタンタン号、母・国内産洋種第二高砂号の子として、岩手県九戸《くのへ》郡軽米町《かるまいまち》産。出征時は第三ランタンタン号、一歳五カ月で九戸郡の二歳馬競り市にて、家畜商高橋儀左衛門《たかはしぎざえもん》によって競り落とされ、岩手県江刺郡岩谷堂町《いわやどうまち》（現在の奥州市江刺区）伊藤新三郎《いとうしんざぶろう》氏に買われ、日中戦争で軍馬として徴発されるまで江刺で育つ。

一九三七年九月五日、四歳四カ月で軍馬として徴発。歩兵第百一師団歩兵第百一連隊（東京・赤坂）に配属。勝山号と改名。上海に上陸した部隊で部隊長の乗馬として活躍するが歴代の主人は立て続けに戦死。勝山号も三度の負傷を受け、一度は回復も絶望視されたが死ななかった。

一九三九年一〇月、軍馬甲功章《こうこうしょう》受章。一九四〇年日本帰還後に国民的な知名度を獲得した。

一九四五年一〇月一七日、岩手に帰郷。一九四七年に一四歳で死亡。

鉄朗には話がのみこめない。軍馬を学ぶことにどんな意義があるのだろう。馬たちは戦争に貢献したといっても、自分の意思ではないはず。ただ動物と人間とは大違いかというとそれも迷うところである。命令されなければ辛さから逃げたいのも人情だ。物思いにふけりながら、リーフレットをみつめ直した。

単刀直入に言えば、このテーマはディープすぎる。昭和史の定番的なテーマとはかけ離れている。自分には高すぎるハードルだと思われた。

教科書を確認してみた。高校日本史の教科書で昭和期の戦争についての記述は限られている。軍馬についての記述はもちろん見当たらなかった。

この馬は一四歳で死んでいた。馬の平均寿命は現在では二〇〜三〇年だという。中国戦線で絶命した軍馬たちはさらに若く、五、六歳程度の馬も多かったと書かれている。勝山号ははるかに長寿だったことになる。解説の続きを鉄朗は読み進めた。

勝山号は中国戦線で三度負傷した。足を挫いたり、他の馬と衝突したりではない。中国軍に撃たれた。この馬の歴代の主人は部隊長で著名な軍人だった。松虫号のような荷物を運ぶ馬ではなく、部隊長の乗馬という任務を持っていた。

軍馬として国内に帰還できた稀有な例だという。歴代の主人の中には戦死した部隊長もいる。負傷しても生き続けたゆえに、馬の金鵄勲章《きんしくんしょう》である甲功章なる栄誉によって注目された。国内に戻ると、奇跡の軍馬として讃えられた。敗戦の二カ月後に馬主の伊藤新三郎氏宅に八年ぶりに帰ることになった。これはさらに空前絶後だったという。

速読の得意な鉄朗は一気にその解説に目を通した。宝くじのような倍率をくぐり抜けて一四年を生きた馬。この馬を最初の手がかりにして、馬たちとともに戦争の時代をみつめる講座だという。でも雲をつかむような話にも思える。

（そうなの。それでどうしたの……）

類い稀な馬を知ることによって、戦争の時代を見透せるだろうか。確率の問題としても興味深いけれど、あくまでもレアケースとして考えるべきではないか。

タイミングも気がかりだった。講座への参加は、退部の数日後に別の部に入部するほど急ぎすぎだと思う。同学年は藤野さんだけなのも不安である。でも今日の話し合いは心地よかった。何回か参加して、気が進まなければ欠席することにしよう。そう考えると気は楽になった。

母の声で眼をさました。

「食事食べないで寝ていたんだ。今から母さんたちも食べるところよ」

またしても熟睡してしまった。母は急用で外出したらしく、九時近い今から夕食だという。この時間に三人が食卓を囲むのは珍しい。父は朝が早いので、ビールを飲みながらつまむ程度である。ニュースは豪雨災害の続報を続けていた。被災地は夏休みも返上で復旧をめざしていく。嘆息していた母は鉄朗をみつめた。

「夏休み、どうするつもりなの」

昭和史講座に参加することを伝えた。松虫号の絵本のおかげで、思わぬ展開になっていると母には話していた。講座の案内を手渡すと、母は眼から遠ざけながら印刷物を読んでいる。担任の守下先生も参加することを伝えた。

「高校二年生は、親の監督責任がありますから」

やや澄ましての一言になった。命の危険はなく他人には迷惑をかけない。自分の成長にもつながるならばチャレンジすべきと言い添えた。

「でも地味なテーマね。大昔の馬の固有名詞など言われても、誰も知るはずはない。戦争の犠牲なら、日本人だけで三〇〇万人以上も亡くなっているでしょ」

このテーマを高校生が理解できるだろうかと首をかしげていた。

「歴史の講座か。社会問題か。このテーマだけで五カ月も続くのか」

父は違う角度から問いを発した。世間の歴史好きは、織田信長《おだのぶなが》や豊臣秀吉《とよとみひでよし》や徳川家康《とくがわいえやす》についても異様にくわしいと語るのだった。

「昭和史は生々しすぎる。まず英語力を身につけてほしいね」

「いやだお父さん、自分のことを言いたいわけ」

父はそれには構わず、最近の教科書では鎌倉幕府の創設年を一一九二年と記さなくなったことに驚きを感じたと話した。母は別の話題へと切り替えていく。

「有名人だけに関心を持つ人が多いのに、よく馬をテーマにした講座がなりたつわね」

感嘆している。よほど魅力ある先生なのかと鉄朗に尋ねた。

「はつらつとした感じだった。あのイタリアの有名な映画に出た女優に似ている」

「『ゴッドファーザー』か」

「何言ってるの。それはアメリカ映画でしょ。僕の言ったのはイタリア映画の女優だよ」

映画に無関心な父がでたらめを言ったので、母と鉄朗は大笑いした。話題はそれてしまって、映画名と女優名を確定できなかった。

「どんな感じの方なの」

「大きな眼をしていて手足は伸びやかな印象。毛艶も魅力的な馬かな。服装も華やかだった」

「そりゃそうだろう。熊のような先生なら困るだろう」

その一言に母がもう一度吹き出している。一息ついてから鉄朗にアドバイスを始めた。

「慎重にね。世の中には極論を言う人もいる。年長者だから正しいとは限らないわ。戦争への激しい思いは冷静な判断力を失わせることもある」

母は釘を刺すことを忘れなかった。人の話を鵜呑《うの》みにしない。学校の先生も頭から信頼すべきではない。昭和史はとりわけ論争的なテーマなので、意見は必ず対立する。双方の意見をじっくりと聞くべきだと何度も念を押した。

父はビールのせいか、陽気になっている。講座の内容にはさして関心はないようだ。

「首の長い馬はうらやましいよ。俺はラグビーのせいで首は太くなり、背も縮んだから」

「太いというより、首がなくなってしまった。それに二重あご。もてるわけないものね」

自らの体型を弁明する父を、母は手の平で転がしている。

この二人の親ありて、自らは存在する。その厳粛な事実から鉄朗は逃れられない。父・吉沢定金《よしざわさだかね》は一六三センチ、母・吉沢貞枝《よしざわさだえ》は一五一センチ。二人とも小柄である。名前の音は共通している。それも初対面で打ち解けた理由だったという。

父はラグビー歴と名前の「金」という一文字をセールスポイントにして中小銀行に就職できた。どんな下積みでも耐えられる。忠誠心だけは強い。その言葉に説得力があったのかもしれない。誰からも幹部行員への道は期待されていなかったという。


父は昭和史講座の財政について質問を始めた。財政や経理には仕事柄こだわるのである。自治体の後援もない講座はなぜ成立しうるのか。受講料、受講者の人数、会場のキャパシティなどを質問した。出席者は毎回資料代二〇〇円を払うことを伝えた。

「そんな金額でペイするはずないだろう。慈善事業か」

講座を主宰するために、専任教員を退職したという先生の決断に父は目を丸くしていた。その講座には一体何のメリットがあるのか。知名度を上げるなどの動機はないかと問うた。

「馬鹿ね。そんなはずはないわ」

母は指摘した。歴史講座など星の数ほど存在する。その主宰者に注目が集まることは考えられない。知名度を高めたいならば、地味な講座を主宰するはずはないと夫をたしなめた。

「タレントさんの主宰する講座ならばもちろん脚光を浴びるわ。ニュース性があるもの」

母は淡々とした口調で語った。

「あの……。有名タレントは他人の歌をパクッてもほめられるの」

鉄朗が茶化すと、母は悔しそうに口元を歪めた。

食後に部屋に戻ると、黒石芽香からのメールが届いていた。二日連続である。クラス替えの四月に最初に出会った際には、背の高さばかりが印象に残った。松虫号の絵本について言葉を交わしてから接触してくるようになった。松虫号の絵本を一緒に見ていた前原あずさとは真逆の性格である。

他人を悪く言わない。リスペクトする。それは前原あずさを始めとして、同級生たちの共通話法である。芽香は激しく鋭いので対照的だ。常に刃を突き付ける。メールの文体もあずさはホスピタリティあふれる簡潔な文章。可愛い絵文字で締めくくる。芽香のメールは粘着質で延々と続く。今日も同じだ。宛先は鉄朗であるが広範囲に向けて吠え、毒を含んでいる。

…一体いつまでこんな茶番を続けるの。ただ成績が多少良かっただけの中途半端な優等生。何の取り柄もない井の中の蛙《かわず》。自己を対象化できていない。生徒が生徒なら教師も同レベル。凡庸な授業に甘んじている。生徒から批判もされず惰眠をむさぼっている。

このざまはナンダ。惰性だけのクラブ活動。毎年同じ感動を押しつける合唱コンクールと文化祭。どこに創造性があるのか。ないんだよ。ただレールの上を走らされているだけのアホウドモ。そんな批判に対して、鉄朗君どう思う？

（またこれかよ。どう返事を書けというのか……）

鉄朗は緊張感を強めて読み直した。この間、同様のメールは続いていた。批判精神の権化《ごんげ》であるように執拗に問い続けていた。

「お考えをしかと拝読致しました。猛暑が続きます折から、益々のご健勝を祈念いたします」

一度そんな返信をした。距離感を測れなかった。即座の返信を見て、血の気は失せていった。

「オメェ、なめとんのか。血を吐く思いで訴えているのに平気で聞き流す。そんな態度が許されるか。ワイのこと、誰だと思うてんのや。銀行でも顧客にはもっとまともな対応するだろ」

父の仕事をなぜか知っている。熱くからみ続けることに閉口した。弾けるようなバイタリティのない男。賢そうにしても魅力がない。女子は誰も相手にしない。図星の連続だった。

「もうメール出さない。終わり」

こちらもぶち切れてメール拒否の返信をした。手の平を返したように文体は変わった。

「激しい渦の中にいる私。錐揉《きりも》み状態である今をわかって。あずさとは違って皆に愛されない。大多数から嫌われていることを自覚している。でも鉄朗は理解してくれると思ったのに……。私はどこまでも否定されるのですかぁ。メールも許されないのですかぁ」

土俵際で「かぁ」を連発する。芽香の「かぁ」という呼びかけに接すると、鉄朗は胸騒ぎを覚える。カラスの鳴き声のように尾を引いて始末が悪い。「嫌ですかぁ」「ダメですかぁ」と問われると、うるさいと思いながらも縁が切れることへのためらいを持つ。全否定してはいけない。多様な個性を尊重できるはずと応じてしまうのだった。

いつも一緒にいた前原あずさが、最近は芽香と言葉を交わさなくなった。あずさは愛くるしい顔立ちでも決断力を持っている。最近、この二人が路上で火花を散らしていたという情報を並河から耳にして鉄朗は驚いた。

「それでどうしたのよ」

この一言で詰め寄ったのは、何とあずさだったという。さすが演劇部部長。ガチンコ対決だったというから驚きだ。鉄朗は胸を衝《つ》かれる思いだった。もしあずさからのメールが毎日届くならば、心弾むに違いない。でも一度届いたメールは演劇部の活動紹介。それが最後になった。

他の女の子からはメールが来ない以上、芽香を拒絶する必要はない。至近距離での罵倒や中傷さえ拒めば支障はないだろう。距離感は重要である。講座への参加は内密にしておこう。

鉄朗は何度も推敲した上で、返信することにした。

七月七日。この土曜日が講座の第一回目。会場は三駅先にある市民会館だった。

今期のテーマは「馬たちの戦争」。勝山号も含めて昭和史における軍馬の軌跡をたどる。軍国美談を考える。馬と関わってきた人たち、戦争と民衆など何本ものテーマが設定されていた。二〇人ほどの受講者は円卓スタイルの会場に着席していた。鉄朗は藤野さんの隣に着席した。大学生らしい人もいるが、大多数は高齢者である。参加者の年齢差に鉄朗は圧倒された。

主宰者である笹野志乃先生は開講の挨拶をした。

今回のテーマを思いついたのは偶然です。八一年前に刊行された『君たちはどう生きるか』は今も大いに読まれている。日中戦争のさなかに、哲学への深い思索を基にして若い世代に届けられた物語。奥行きと普遍性があって多くの示唆を与えてくれる。

ある時思いついた。「君」を「馬」に入れ替えたら「馬たちはどう生きるか」。より正確には「どう生きたか」。このタイトルで、馬を通して昭和期の時代と社会をみつめれば、いま戦争を考える新鮮な切り口になる。今期の講座はそこから準備を始めました。

おばんギャグと笑ってください。馬について素人の私は必死に勉強してきました。この間も森《もり》田敏彦《たとしひこ》氏、大瀧真俊《おおたきまさとし》氏らの力作が続々と刊行されています。

私と宮崎牧夫《みやざきまきお》先生で分担して報告を務めます。宮崎さんは人使いの荒い会社に憤然として教員に転身。教師も忙しすぎると言いながら、この間も講座を支えてくれた一人です。


長身の宮崎先生が立ってお辞儀をした。志乃先生との身長差は目立つ。志乃先生は慣れた手つきでパワーポイントの操作に取りかかった。

「馬たちはどう生きるか」という画面には、手描きの馬の前にニンジンも置かれていた。ナポレオンの像、ウィーンの馬車、北海道のばんえい競馬、モンゴル大草原の馬など、次々に写真は映し出される。馬と人間の関わりは歴史の巨大なテーマである。この先は日本近現代史に関わる写真なので、わかった人は遠慮なく答えてくださいと志乃先生は呼びかけた。

一枚目は軍馬の像。何人かの声は重なった。靖国神社の戦没馬慰霊像だという。

「この馬の体高は一・五八メートル。私とほぼ同じ。この高さは意味を持っています」

この像の近くに軍鳩、軍犬の像もあることが補足された。

次の一枚は、北九州市門司港の出征軍馬の水飲み場。福岡県の出身者はなじみある場所だと語った。馬は大量の水を飲むのでこの場で水を飲んだ後に、船で戦地へ送られたという。

次の一枚は誰も答えられなかった。ヒントは広島湾に浮かぶ似島《にのしま》。原爆投下直後に被爆者の運ばれた島という知識を持っている人も、写真の碑はわからなかった。似島にあった馬匹《ばひつ》検疫所の碑が正解。この島に近い宇品港から、出征兵士と軍馬は戦地に送られていた。その港から遠くないこの島の検疫所で馬の健康状態はチェックされていた。

続いては、馬に乗った若い女性が伸びやかに手を振っている写真。何人もの受講者は勢いこんで高峰秀子《たかみねひでこ》と叫んだ。鉄朗は初めて聞く名前。昭和の大女優だったという。戦時中の『馬』という映画のスチール写真である。

次の一枚は古い時代の競馬場。志乃先生は明治初期の競馬場だと述べた。日本の競馬は幕末に横浜の外国人居留地で始まった。終戦前後の数年を除けば連綿と続いてきており、馬事文化として競馬はきわめて重要なテーマであるという。

次の写真は昭和天皇であることが鉄朗にもわかった。騎乗している白馬はアラブ産の白雪《しらゆき》号だという。受講者にとってなじみ深い写真のようだった。

続いては陸軍騎兵隊。明治維新以降に日本でも騎兵の部隊が作られた。この写真の部隊名を特定してみせた男性がいて皆を驚かせた。

最後の一枚は、農耕にいそしむ人と馬の姿。農家にとって馬は欠かせない存在。戦前の長野県の写真だった。


このように日本の近現代史での馬と人間との関わりはきわめて多面的である。多くの小説、映画、絵画、写真によって馬は表現されてきたことを志乃先生は語った。

「最近の映画でスピルバーグ監督の『戦火の馬』は有名。第一次大戦時の軍馬を描いています。さすがに現代の戦争で馬は登場しませんが、長らく戦争に軍馬は使われてきました」

その時、隣の宮崎先生から耳打ちされて、志乃先生はただちに訂正した。

「いや不正確でした。二一世紀のアフガン戦争でも軍馬は使われていたらしい」

宮崎先生はアフガン戦争の最前線での軍馬の活躍について映画『ホース・ソルジャー』を鑑賞するまで意識していなかったことを補足した。

戦前の有名作家、火野葦平《ひのあしへい》の『土と兵隊』の一節もレジュメに紹介されていた。子どもがいない馬車曳きの卯平《うへい》は愛馬に吉蔵と名前をつけて、かわいがっていた。軍馬としての徴発が決まった際に、「祝吉蔵之出征」という幟《のぼり》を立て、千人針やお守り札や日の丸の旗で神馬《しんめ》のごとく飾られた愛馬を涙とともに見送ったという一節である。

馬車曳き、千人針、神馬など鉄朗が知らない言葉を、先生は手際よく解説してくれた。

「この吉蔵は見送る人たちを識別できるほど賢かった。人びとの思いは理解できないにしても」

一人ひとりを匂いで識別できる馬の能力について、驚きを隠せない受講者は多かった。

戦場で馬を必要としてきたことは、日本でも古代から一貫している。明治維新以降もすべての戦争で馬は活躍したことを志乃先生は語った。ただ日本の馬は小型すぎた。戦争で役立っていくためには改良が求められていた。その計画は明治期から着手されてきたという。

一九三〇年代においても、欧米列強とくらべれば日本での自動車開発は遅れていた。中国戦線の一部で自動車は活用され始めていたものの、故障は多かった。したがって日中戦争はもちろんのこと、アジア・太平洋戦争になっても馬は一貫して使われ続けたという。

「馬は戦争と分かちがたく結びついている。世界中で何千年単位でそうだったはず」

朝鮮半島から馬が渡ってきていた五世紀の時点でも、この列島で戦への活用は運命づけられていた。源平の合戦も有名。木曽義仲《きそよしなか》と源義経《みなもとのよしつね》。馬と躍動したこの二人も平家物語で著名だった。馬の登場しない時代劇は考えにくいのである。

「悪いのは『馬の骨』という言葉ね。これですっかり誤解されています……」

馬は高貴な者にとってのステイタスシンボルだった。最近では威信財という言葉も用いられる。神の乗り物としてみなされ、交通や運搬で貢献した。大昔の庶民はたやすく飼えなかった。

江戸期以降に次第に身近になったのだろうか。その活躍は長い歴史を持っているが、飼育数は明治期以降の上昇がめざましかった。


よどみなく進む話に、鉄朗も引き込まれた。でも理解できることはごく限られていた。

軍馬について説明したい。三種類の区分があることを先生は指摘した。

乗馬。勝山号は乗馬である。将校の乗る馬。偵察と伝令も最も大事な仕事だった。

駄馬《だば》。荷物を背中に載せる運搬馬。山砲《さんぽう》駄馬と輜重《しちょう》駄馬に区分される。

輓馬《ばんば》。荷車を引く。砲兵輓馬と輜重輓馬に区分される。

移動・輸送の主力として、軍馬は日本の戦争を支えていた。馬は軍隊内で大切に飼育されていた。ただ馬に荷物を運ばせる輜重兵はなぜか軍隊内で軽んじられていた。

「輜重輸卒も兵隊ならば、チョウチョ、トンボも鳥の内」

輜重兵への蔑みを表現した歌は軍隊内で広く歌われていた。それはなぜだったのか。先生は一瞬沈黙して受講者の反応をうかがっていた。

「最前線で敵を殲滅した兵士が最も讃えられていたことは明らかです」

たしかに荷物を運ぶ駄馬や輓馬は最前線で戦わない。ただこの部隊がいるからこそ、重機関銃や迫撃砲や弾箱《だんそう》は戦場に運ばれる。輜重兵と軍馬がいなければ戦闘は不可能だったことを志乃先生は解説した。

「聞き慣れない言葉ですが、馬政計画・馬匹《ばひつ》改良政策という言葉に慣れておきましょう」

志乃先生と宮崎先生が同時に起立した。何事だろうかと受講者たちは驚いた。

「宮崎さんと私ぐらい違う。洋種の馬と日本の馬の体高は違っていたわけです。一六〇センチの私よりも日本馬の体高ははるかに低かったのです」

地面から首の付け根の骨の盛り上がる箇所までを馬の体高とみなすという。

日本在来馬は一三五センチ程度の体高だった。馬体を大きくするためには、洋種の馬を導入して日本の馬と掛け合わせる。それが最大の眼目である。もう一つの課題は去勢である。去勢していない馬は興奮して暴れ回り、戦場で足手まといになる。その放置は許されなかった。この点も明治の終わりには急速に意識されて、一九一六（大正五）年から三歳での去勢が実施されていく。

馬政三〇年計画が大方針だった。洋種を積極的に導入して大型の優秀な馬を育成して、大量の軍馬を供給する。この計画の司令塔として一九〇六（明治三九）年に馬政局が設置された。

馬匹政策は全国で進められた。一般農家によって農耕馬として育てられた馬を徴発するルートと、他方では全国の陸軍省軍馬補充部で軍馬として意識的に育成した馬を戦場へ送り込むルートとの二本立てで馬は用意された。将来の戦争に備えた長期的な計画は農民も巻き込んで推進された。

先生は青森県の軍馬補充部の中で一八八五年に陸軍軍馬局出張所として創設され、後に軍馬補充部三本木支部になった地を紹介した。二、三歳で買った馬を五歳の秋まで訓練した。二万ヘクタールという日本一の広さは、東京都で最も広い市の八王子市をしのぐ驚異的な面積。半年以上も放牧された馬は日々数時間の運動訓練で鍛えこまれていた。

「全国で馬の多い県や地域はどこですか」

北海道、東北地方、九州、長野県の木曽などという回答が返ってきた。先生はどれも正解と述べて、勝山号の育った岩手県中南部の江刺地方についての解説を始めた。

この地域は旧仙台藩（伊達藩）。北上川流域の平野と北上山地を背後に持つ広大な地域で軍馬生産の気運は高まっていた。勝山号の地元の岩谷堂町は馬市を中心に栄えてきた。種山牧野《たねやまぼくや》という広大な放牧地も著名で、近隣の金ヶ崎町には長らく軍馬補充部六原支部もあった。一方で、家畜商から転売された仔馬を農家は農耕馬として飼育していた。その中から軍馬として買い上げられていく可能性がある。その場合には貴重な現金収入につながった。

「外国からの優良種が導入されて、岩手でも在来種は絶滅してしまった。今なお全国に日本在来馬は八種いても、日本の馬のほぼすべては洋種血統に変わっています」

これこそ馬匹改良政策の賜物と先生は語った。その言葉は鉄朗に突き刺さる。小柄な馬はダメ。大型馬で戦争に貢献することが国策であり、日本の在来馬の大半は駆逐されてしまった。

（自分は典型的な在来馬だ……。くそっ）

鉄朗はつい自分の体格を意識する。チームで一六〇センチ台はごく少数だった。国策として人間の大型化にとりくんでいるとは聞かないのに。それなのに繰り言はいつも同じだ。街を歩いても今や一七〇センチを超す女性は珍しくない。

「パワーポイントを見て。小さな在来馬たちも生きている」

志乃先生は八種類の在来馬を紹介した。絶滅寸前の種もいるという。

戦後に馬が激減したという事実に先生は言及した。馬を必要とした時代を経て、戦後に農村は激変したという。耕耘機も戦後には全国で普及していた。農耕のために馬を飼う必要はない。肉牛・

乳牛としての期待も大きかった牛との比較においても、馬はさらに旗色が悪かった。

競馬人気は絶大であり、今なお馬は身近な動物である。ただ農村で多くの馬を飼育していた時代ははるか昔に終わっている。最後にパワーポイントを見ながら、動物としての特徴について説明。轡《くつわ》や鐙《あぶみ》などの基本用語や鹿毛《かげ》、栗毛なども解説して話は締めくくられた。


講座の進め方について、志乃先生からも説明はなされた。受講者の発言は自由。ただ他の受講者に対して人格の否定、発言の圧殺、プライバシー侵害だけは不可である。一回の発言はぜひとも二分以内でまとめてほしいと念押しした。

「どんな角度から関心を深めるのも歓迎です。初回なので二人の方からこんな問題意識で学んでみたいという発言をお願いしてみました」


まずスタッフの女子学生がマイクを握った。大学での専攻は生態学だという。

動物との距離感は悩ましい。犬を飼っていても溺愛しすぎることを自覚している。ペットへの偏愛は家族の亀裂をもたらすこともあり、家庭の円満を実現する場合もあるだろう。

馬も家族の一員として大切に飼われてきた時代を学びたい。人と馬との強い絆はいかに作られたのか。そのことを探ってみたい。渋谷駅前の銅像である忠犬ハチ公は一九二三年生まれ。勝山号よりも一〇歳先輩。ハチ公は絶大な知名度を誇ってきた。その一方で、軍馬として超有名だった勝山号はハチ公の知名度に遠く及ばない。その理由についても関心を持っている。

二人目は二年前から参加している七〇代の女性。家族の歴史に関心を持ってきたという。

馬を大切にしていた時代の家族には光と影があったと思う。戦前は男女平等ではなく、家長の権限は絶大。兄弟姉妹では長男のみ特別な権利を有していた。家族全員への平等を保障した時代ではなく、法律での女性差別も明らかだった。

ただ一人ひとりを尊重した家族も皆無ではない。どの時代も家族は一様ではなく、喜びと悲しみを抱えている。一括りにできない。その上で女性と子どもたちの境遇も男たちの試練も異なっていた時代を自分なりにつかんでみたい。馬を愛した家族の影についても意識していきたい。

もし他の方で今期の講座への思いがあればと、司会者は受講者に発言を求めた。高齢の男性が挙手をした。初参加である。入院を控えているので発言しておきたいという。

上川さんという元教師は滑らかな口調で、第二次世界大戦の評価を問いかけた。ファシズム対反ファシズムの戦争でもあったという規定について、現在は疑っている。日本の軍国主義を打ち破った連合国側によってBC級戦犯が裁かれた。裁判の必要性には同意するが、はたしてまともな裁判であったのだろうか。無実の日本人や朝鮮人・台湾人が処刑された事実を忘れてはならないと考えている。

馬についても衝撃的な話を耳にしたと、メモを見ながら語り始めた。

「英連邦軍の命令で昭和二〇年八月一五日のタイでは、第三十七師団の軍馬三一〇〇頭の銃殺をよぎなくされた。仔馬は助けてという声や住民の農耕に使いたいとの要望も聴き入れられず、兵士たちは断腸の思いで馬たちを殺したと耳にしています。これは本当ですか」

多くの受講者の表情がにわかに沈痛になったことを鉄朗は目《ま》の当たりにしていた。二人の先生は軽く言葉を交わした。志乃先生はファイルを確認した上で口を開いた。

「私も八月一五日のその件を講座を準備する過程で知りました。上川さんが紹介された軍馬殺害は『戦没軍馬鎮魂録』という本にも描かれていました。宮崎市に慰霊之碑があるそうです」

宮崎先生も事実だろうと述べた上で、東南アジアでの日本軍とイギリス軍との関係をそれ以前の数年間の経緯としてふまえ、現地で何が起きていたかについて調べる必要がある。戦争開始以来の夥しい軍馬の死と日本の戦争犯罪もふまえて、八月一五日のこの事実をみつめていくべきと語った。

「この講座にタブーはありません。研究史についても真摯な再検討は必要です」

志乃先生はきっぱりと言い切った。連合国側がすべて正しいなどと自分も考えていないこと。BC級戦犯裁判にも向きあいたい。アメリカによる広島、長崎への原爆投下。シベリア抑留も含めて、第二次大戦から戦後においてのソ連に巨大な暗部があることは事実であると述べた。

ただ戦争の性格について大所高所から議論すると同時に、庶民の受難について史料と証言を確認しながら学んでいきたいと語った。上川さんは二人に黙礼した。

緊張が消え去らない中で第一回の講座は終わった。終了後、守下先生が上川さんと話しているのを横目で眺めて、鉄朗は会場を後にした。問われていることは何か。何を明らかにする講座なのか。すべては霧の中に包まれているように思われた。

部隊長の馬

七月一四日。第二回の講座は「勝山号をみつめて」と題する宮崎先生の報告。この馬についての随一の専門家は、馬主伊藤新三郎氏の曾孫に当たる小玉克幸《こだまかつゆき》氏であると最初に紹介した。

「私たちは思いこみから自由になりましょう」

意外な一言から話を進めていった。たとえば国立国会図書館はすべての本を所蔵しているという誤解もあるけれど、誤りである。勝山号に関する大事な本も所蔵していない。小玉さんの仕事もデータ上ですら確認できない。手探りで調べなければならないと述べた。

「勝山号はとても理解しやすく、その反面で理解しづらい存在でもあります」

謎めいている存在だと先生は言いたいようだ。まず理解しやすいのは、有名になった理由。勝山号は中国戦線における部隊長の乗馬として戦闘に参加した。主人である部隊長は何人も戦死している。この馬は三度負傷し、深刻な生命の危機にも直面した。だが死線を越えて日本に帰還するという劇的な軌跡をたどった。戦争中に讃えられた軍馬の中で最も著名だった。子どもたちも含めて、この馬の存在を多くの国民が知っていた時期が存在していた。

大新聞社が先頭に立って顕彰していた事実は決定的である。一九四〇（昭和一五）年三月三〇日、日比谷公園での「功労馬に感謝の会」は朝日新聞社主催で開かれた。甲功章に輝く三頭、その中でも勝山号が主役となった。勝山号を讃える童謡が発表された。歌詞がレジュメに引用されていた。鉄朗にとっては目新しい旧字旧かなが使われている。

勝山號をたゝへませう

サトウ　ハチロー作詞

一　おぼえてゐますか　ゐますとも
勝山號の　はたらきを
三度も傷を　受けながら
進み勇んだ　いさましさ
　みんなでたたへよ　そのいさを

二　三人までも　部隊長
乗せて元気に　弾丸の中
トーチカクリーク　なんのその
進み進んだ　いさましさ
　みんなでたたへよ　そのいさを

三　ものは言へない　お馬でも
國をおもふは　只ひとつ

栗毛のたてがみ　なびかせて
進み進んだ　いさましさ
　みんなでたたへよ　そのいさを

四　晴れて輝く　手柄をば
今こそたたへよ　そのいさを
額に光る　甲功章
とはに消えない　この名誉
　ほんとに立派な　勝山號

「勝山号は、時の人ならぬ時の馬でした。有名だからこそ歌が作られ、歌の存在によってさらに有名になった」

宮崎先生はその趣旨を解説した。勝山号が負傷し、その主人が戦死した戦場とは日中戦争が全面化した一九三七年以降に多くの人に知られた激戦地だった。

　上海上陸作戦（初代主人・藤田《ふじた》大尉戦死）
　クリーク渡河戦（二代主人・加納《かのう》部隊長戦死）
　蘇州《そしゅう》攻略戦（勝山号負傷）
　徐州《じょしゅう》会戦（勝山号負傷）
　廬山《ろざん》戦（三代主人・飯塚《いいづか》部隊長戦死、勝山号負傷）
　南昌《なんしょう》攻略戦

著名な戦場を駆け抜けてきたことが、この馬の知名度の高まりにとって追い風になった。部隊長の乗馬であることも同様である。荷物を運ぶ駄馬や輓馬ならば条件は異なったはずだという。

「戦争中は軍国美談のオンパレード。当時はその感動を一心に受けとめていた」

いや戦争中に限らない。いつの時代も嫌なニュースが多いからこそ、人びとは美談を欲していることを先生は述べた。生き辛さを感じる人への清涼剤として、動物にかかわる美談も多い。戦時中の美談は現在とどう異質だったのか。御国のために果敢に戦っている兵士の姿、銃後で必死に戦争を支え続ける人びとを強くクローズアップしていた点である。

勝山号を美談にする。軍部にとっては当然の使命だった。第一次世界大戦から戦争は総力戦へと変貌していた。戦争の現場は戦場だけではない。兵士を育成する。物資を生産する。人びとの愛国心を高める。社会のあらゆる場面でそれらの気運を高めていこうとしていた。

軍国美談を創る上で、新聞人の貢献は欠かせなかった。記者の取材を基にしながら、その美談はよりセンセーショナルに報道されていった。屠場で屠畜されるはずだった一頭の馬もひょんなことから軍馬に早変わりして戦争に貢献。それを一つの美談として報じていた時代である。

さて勝山号は栄えある存在である。その幸運は戦後につながっている。岩手県の馬主の下に帰れたことは稀有な事実。これは敗戦直後であり軍国美談ではない。

まずこの経過をたどってみたいと、宮崎先生は述べた。

「飼い主の伊藤さんは勝山号への愛着を持ちつづけていた。そこにポイントがある」

勝山号は戦争末期に川崎市の東部六十二部隊によって管理されていた。敗戦直前の一九四五年八月一〇日から、この馬は同市内の小池政雄《こいけまさお》調教師宅に避難していた。

勝山号の消息について、飼い主の伊藤氏宅では心配をつのらせていた。伊藤新三郎氏は戦時中に何度も面会に訪れていた。敗戦直後の混乱の中で子息の貢《みつぎ》氏ともども必死だった。小池氏宅を訪れて馬が健在であることを貢氏は確認した。

「今は想像できないこと。敗戦直後に岩手から川崎まで行くのは並大抵ではなかった」

（なぜなのだろう）

その一言を鉄朗はぼんやりと受けとめていた。

鉄道のダイヤは乱れていた。乗客ですし詰め状態の列車には窓ガラスもなかった。その時点で伊藤貢氏は一度帰郷して、愛馬引き取りの準備を開始する。新三郎氏の存在感は絶大なる威力を発揮した。まず町長を動かしたかった。「功労軍馬輸送に関する証明書」を発行してもらうためである。この証明書が水沢駅長に提出され、駅長は国鉄仙台管理局に掛けあって、貨車一両の配車許可を実現した。

「現在と全く事情は違うのです。馬の輸送は列車で行うしかなかった」

先生の説明に対して、何人かの受講者はうなずいた。

こうして伊藤貢氏は再度小池氏を訪問して、勝山号を正式に引き取って岩手に連れていく旅が始まる。貨車一両を待機させている東神奈川駅まで川崎から何と一〇時間もかけて歩いていった。途中、二人連れの闇屋に襲われそうになる危険にも直面した。

貨車に収容されての鉄路は東神奈川駅から水沢駅へ。これまた途方もない時間を必要としていた。出発から数えると四泊五日の長旅を経て、ようやく故郷に近づくことができた。

「長旅の最終場面、水沢駅から家までの道すがらを紹介しましょう」

宮崎先生は、伊藤亘『遠い嘶《いなな》き』を朗読し始めた。

「家まで一〇キロの道を歩き出したが、もう手持ちの握り飯も馬糧もとっくに底をついて人も馬も空腹だった。道々、水を飲ませ青草を食べさせ、いたわりながらゆっくり歩いた（中略）」

夕暮れの岩谷堂町に入って、伊藤氏はそれまで引いてきた手綱を頸《くび》にかけて後にしりぞいている。この馬の記憶を調べようとしたのである。

十字路、二股道、五叉路《ごさろ》でいとも簡単に勝山号が正しい道を選びとっていった。丸八年の空白をものともしないこの馬の記憶力に伊藤氏は驚いていた。最難関の地点、人間もうっかり通り過ぎてしまうという難地点ではどうだったのか。

朗読は再開された。

「勝山号の足がなぜか早くなり、急にバサーっと草木をこする音をたてて小道に入ったのだった。荒々しい息を吐きながら急坂を下る。追いつけないほどの早足だった。

なにを感じたか途中でふと立ち止まったと思ったら
『イホホホ、イーホホホホ……』

と二声続けて嘶いた。愛馬の嬉し泣きに私も熱いものがこみ上げてきた。

『今帰ったぞう……連れてきたぞう！』

私も興奮して大声を出していた。庭に下り立った時、提灯が揺れ家族の声に出迎えられた。嘶きは夕食の後片付けに立った母が耳にしたという。

皆で勝山の体をさわりまくって離れようとしなかった。母が提灯をかざして見たのは勝山の瞼《まぶた》に光る水玉だった（後略）」

宮崎先生はこの現地を訪問した様子も報告した。勝山号の選びとった道、二股道や五叉路は、小玉克幸氏によると現時点で確定しづらいポイントも含まれているという。

「問題はこの感動的な帰郷をどう見るかです」

その一言に受講者は緊張感を強めた。複雑な思いを持つと宮崎先生は語った。事実に疑うべき点はなく感動的である。伊藤さん一家にとっては大いなる喜びであった。

では馬と人間の感動の物語として若い世代に教えるべきか。愛の物語として、押し出せるか。それには慎重になる。勝山号の難しさはこの点に関わっている。

勝山号も戦場で死んだ馬たちも、戦争を直接に語ることはできない。馬は繊細で神経質な動物である。その馬たちの戦場での恐怖は人間の想像力にゆだねられている。

戦争で死んだ数十万頭は痛ましい。飼い主は一頭の存在を忘れることはできない。愛馬の戦場での消息を知りえた者はまず存在していない。

生還できた勝山号はこの一点でも特筆すべきである。ただこの馬を語るならば、出征して帰らなかった兵士たち。遺骨と対面せざるを得なかった遺族。遺骨さえ帰ってこなかった遺族の悲しみをまず心に刻むべきだろう。伊藤家の人たちもその思いを共有してきた。

ちなみに伊藤新三郎さんの家がある岩谷堂町の増沢地区は、一九三〇年時点で約八〇〇人が暮らしていた地域。一九三七年の日中戦争全面化以降の戦死者は二十数人に達すると先生は補足した。

この間、テレビや新聞は勝山号を忘れていたわけではない。戦時中の勝山号を紹介して戦後に故郷にたどりついた感動のエピソードを報道してきた。その報道を批判する必要はない。しかしそれに寄りかかるのは安易すぎると先生は述べるのだった。

「斬新な視点を見出したい。今期の講座を準備する上での苦労はその一点でした」

笹野先生と何度も討論したことを宮崎先生は述べた。たどりついた結論は単純なこと。勝山号への関心を深めるだけではない。軍馬と昭和史の全体像との間にいかに架け橋を見つけていけるのか。軍国美談をたどることは、現代社会を考える上での試金石にもなるだろう。

「勝山号の美談は忠犬ハチ公とどう違いますか」

その違いは大事だと先生は語った。一九三四年に銅像が立っていたハチ公のエピソードでは戦場と部隊長は前面に登場しない。忠君の象徴として戦時中に賞賛され、美談になったという一点を忘れてはならないが、戦後に批判の刃を向けられてきたわけではない。

「勝山号はいささか異なる。部隊長と中国戦線の激戦地こそ鍵を握っている。馬と人が一体となった軍国美談。戦後に忘れ去られる必然性を持っていた」

軍国美談を全否定して、勝山号について警戒する人たちもいるはずだ。この馬を語ることは、代々の主人である部隊長にも光を当てる。戦時中は英雄だった軍人たちへの視線は、戦後に急変する。強い拒否感を持って語られる場合も多かった。

軍人たちを英雄視する必要はない。しかしその存在を認めなければ、このテーマを探究できないだろう。たとえば歴代主人の一人である飯塚部隊長は明治大学での軍事教練の教官も務めて、学生たちに絶大なる人気があった。軍人の存在感も軍国美談を支えていたのである。

そこまで話した宮崎先生は一瞬間をおいた。その瞬間に、携帯電話が鳴り始めた。持ち主は気づかずに周囲から指摘されて、着信音はようやく消え去った。

「さて一九三四年に話はさかのぼります。後に勝山号となる第三ランタンタン号を育てた馬主の伊藤家に注目しましょう」

伊藤家の愛情があってこそ、第三ランタンタン号は軍馬勝山号へと成長できた。伊藤家の情熱がなければ帰郷できなかった。最期を看取ったのも伊藤家の人びとである。

ただ伊藤家は特別な一家ではない。馬を家族の一員として飼育してきた人たちは、全国に無数に存在していたと先生は語った。

一九三四（昭和九）年一〇月に第三ランタンタン号は伊藤家にやってきた。伊藤家が暮らす岩谷堂町増沢地区はなだらかな山を背後に抱えた地。稲作を中心に農業を営む人たちが農耕馬として多くの馬を育てていた。田打ち、田掻《が》き、稲運びなどを馬も担っていた。

その農作業の中で馬を二年間育てる。軍馬として徴発される幸運に恵まれれば、三〇〇円になることもあった。購入時が七〇〜八〇円とすればかなりの収入となる。

栗毛の第三ランタンタン号は小さかった。伊藤貢氏は、両目の中間から鼻筋、唇まで白ペンキを流したように真白いという表現を用いている。「行儀のいい馬っ子」という印象だった。

満二歳頃から急に大きくなった第三ランタンタン号は、三歳で種馬になるはずだったのに体高が高すぎて不合格。ただちに去勢手術を受けた。この間、農作業だけでなく、鍛錬のための遠乗りや障害飛越などの訓練も受けていた。一九三七年九月五日に徴発検査を受けて、歩兵隊乗馬甲として合格。軍馬になることになった。

この馬をみつめてきた人にとっては、徴発検査への見送りが別れの時であった。

「ランターン、……、ランターン、丈夫でなァ。兵隊さんに可愛いがられるようになァ」

この叫びを聞いた馬が足を止めたというエピソードは、伊藤貢氏の『遠い嘶き』に紹介されている。歩兵第百一師団歩兵第百一連隊（東京・赤坂）に配属され勝山号と改名されたこの馬の行方について、同書は詳細に描いていない。

一九三九年一〇月、軍馬甲功章受章。一九四〇年二月日本帰還。伊藤新三郎氏はそれ以後何度も再会を試みている。その努力があって岩手への帰郷は可能になった、

宮崎先生は年表で勝山号の一四年間を振り返りながら、声を抑え気味に語った。

「最もデリケートな話題です。伊藤家のように軍馬を送り出した一家の戦争への姿勢をどう見るべきでしょう」

受講者たちは押し黙っていた。伊藤家はごく普通に馬を飼っていた。その一家の戦争責任など問えるだろうかと先生は問いかけた。立派な馬を育てるのは農家の務め。農作業に馬は必須であり、成長した馬を軍馬にすることを決めるのは軍の判断。この報酬は生活を支えていた。

「軍馬を送り出す農家は、社会を構成する網の目に馬を通じて組み込まれていた。それは戦争と直結していた。その線でみつめてみるとどうでしょうか」

戦争責任を問い詰める前に、軍国美談の構図を確認しておきたいと先生は述べた。軍国美談は、政府と軍部が大新聞社などメディアと連携してキャンペーンした。伊藤家は第二勝山号の献納（一九四〇年一二月）で軍に協力している。小玉克幸氏の探究によると、新三郎氏自身も積極的だった。ただ世の中がその自発性を強く求めていた。民衆の戦争協力を求める流れは、いわば激流として存在していたのである。

決定的なことは、満州事変以降に民衆の戦争への協力が高揚してきた事実である。国防献金や献納運動は大々的に取り組まれた。愛国熱の高まりは庶民を揺り動かした。戦闘機を献納しようという動きすら各地に存在していたのだった。

戦争を支えるのは庶民。その流れは日清戦争以降一貫している。中国人への蔑視も日清戦争から本格化する。明治期の戦争が社会に刻印してきた蓄積の上に、さらなる国策の展開で昭和の戦争は進められていく。民衆自らが戦争を担っていく体制は強固になっていたのである。

「少し力んでしまいました。リラックスしましょう」

宮崎先生は苦笑いして、自らに言い聞かせるように言った。でもその調子は変わらなかった。

「馬と戦争を学ぶのは、平和の尊さを再確認するためだろうか。昭和の戦争も実は東洋平和を唱えながら進められていった。平和という語にも、冷静で批判的な視点を持ちたいものです」

敢えて挑発的な問いかけをしていると言いながら、宮崎先生は言葉をつないだ。

「戦争が悪い。平和は一番。それは常識です。でもそれを確認するのがゴールではない。もっと広く鋭い視点で、戦前と戦後と現代とをみつめ直してみたい。戦後七三年間に、どれほど豊かな眼で戦争について考えてきたのかも問われています」

偉そうに論じてしまったと先生ははにかみながら、勝山号に縁が深い一人として調教師だった小池政雄氏の名前を挙げた。この馬と長くかかわっただけでなく、一九四一年には勝山号についての単著を出版している。勝山号の軍国美談を広めることにも貢献したが、戦後は戦争の愚かさを痛感し、平和の大切さを念じ続けた一人だったという。

休憩前に質問が寄せられた。軍国美談との関わりを問う人もいた。

「日清戦争で死んでもラッパを放さなかったという木口小平《きぐちこへい》。この有名な軍国美談にもフィクションが含まれている可能性があるという説を最近知って仰天した。軍国美談を疑いたいと思います。関係者の皆さまには失礼ですが、勝山号の三度の負傷はもしや虚偽だったという可能性はありませんか」

宮崎先生は、それはありえないと即答した。

伊藤氏の『遠い嘶き』によっても、神経障害の再発によって急死したことは明らかである。高橋《たかはし》邦麿《くにまろ》獣医の解剖所見は、迫撃砲弾の破片が体内から発見され、頭部の神経はこれによって切断されていたという診断だった。戦場で負傷した馬の顕彰は当然であり、この一例を捏造《ねつぞう》する動機は見出せない。部隊長の馬ゆえに負傷についての記録も緻密である。

岩手県をよく旅行するという女性から質問が出た。

「ランタンタン号は岩手県北部の軽米町で生まれて県南の江刺地方にやって来た。岩手県は驚異的に広いですよ。列車での移動も大変だったのではないですか」

先生はにこやかに応じた。乗り継ぎを含めれば現在でも四時間以上だろうか。当時は列車事情も違い、馬を駅に連れて行くまでも長時間かかる。家畜商は軽米町で購入してから、県内を列車で長時間移動したことになる。

鉄朗は、未知の言葉の頻出にとまどっている。日清戦争での木口小平は有名人だったのか。迫撃砲、神経障害、岩手県内の地理なども初耳だった。

何か質問はないかと鉄朗まで指名されたので、泡を食ってしまった。

「あの、勝山号の好きな食べ物って何ですか」

「すばらしい質問だね。大豆と大麦が好きでした。米ぬかをまぶした干し草を多くの馬たちは主食にしているけど、この馬は食べたがらなかった。少しぜいたくだったようです」

休憩後に小池政雄調教師の著書『勝山号――聖戦第一の殊勲馬』に関して報告があった。これも国会図書館は所蔵していない一冊だという。

「プロの作家に負けない魅力的な本です」

そう紹介した宮崎先生は、勝山号の馬高が一メートル五三センチで馬体が四二〇キロと紹介していることも貴重だと述べた。

大事なのは馬への視点である。軍人の軍馬観については、本書のまえがきで坪井《つぼい》陸軍中佐が書いている。「肉が破れ血が流れていても、骨の砕けるほどの大傷でも、いつも部隊長を背に歩きつづけました」という視点である。

小池氏は長年馬と関わってきた調教師として、もっときめ細やかな視点を持っている。勝山号を主人公にしたストーリーを巧みに調教する役回りで物語を紡ぎ出している。

「軍馬はどれほど神経細やかに飼育されていたか。私も驚きました」

軍隊内で馬に関わる兵士たちの仕事について、同書の叙述を宮崎先生は紹介した。

馬体に異変がないか。蹄鉄は緩んでいないか。金の櫛で垢《あか》を落とし、その垢を刷毛《はけ》で払い落とす。長い毛を木の櫛で梳いていく。目や鼻をきれいに拭き、蹄は水で洗い、うっすらと油を塗る。営庭《えいてい》で一時間以上の運動をする。工務兵が馬の整備兵として装蹄を担当する。一晩中二人の兵士が交替で番をするから異変にはすぐに気づけたという。

(何という行き届いた体制だろう。付きっきりではないか……)

鉄朗には信じられない思いだった。馬をそこまでしっかり面倒をみていたのにくらべれば、現在の学校は生徒を放し飼いしているようだ。

宮崎先生は本書の背景について補足した。小池氏は中国戦線での従軍経験を持っていない。執筆に際して中国戦線を取材した。もちろん軍の公認の下である。

「でも戦争を単純に美化していない。戦意高揚のための宣伝パンフレットとは違う。その点に説得力を感じます」

宮崎先生はレジュメに引用した何カ所かについて、その特徴を強調した。勝山号を讃えるだけではない。中国戦線の描写も迫真力を持つ。中国兵や中国側の馬の死と同時に日本兵の受難も描いている。末期の水を求める兵士。クリーク渡河で敵の猛襲を受けて死んでいく兵士。食料を補給できず綿の木の根をかじって飢えをしのぐ兵士。中国戦線の取材は役立っている。

戦場のすさまじさはこの程度ではない。その角度からの批判もできるはず。だが戦場と軍隊を知らない世代、馬を知らない作家では到底書き得ないリアリティを持っている。それが第一のポイントである。

この点は普遍的な意味を持つ。戦争をリアルに書きうる能力は当時の表現者に問われていた。火野葦平『麦と兵隊』など同時代で著名な小説も、戦場の実像と兵士たちの苦しみにそれなりに迫ろうとしていた。社会の隅々に戦争は浸透していた。底の浅い戦争讃歌にはもはや満足できない読者も増えている。戦争の大義を伝えるためにはリアリティが求められていた。

小池氏の著書は、戦意高揚も意図した一冊である。若い世代にも届く筆致ゆえにプロパガンダ性を発揮できたに違いない。軍馬甲功章を受章して日本に帰還した時点で、この馬への関心は盛り上がっていた。追風を受けての一冊は文芸書としてきわめて秀作だったのである。

待ちきれないように質問は投げかけられた。

「なぜプロの作家に依頼しなかったのでしょうか」

「馬を熟知している点で最適任だと抜擢されたのでしょう」

現時点でそれ以上の検証は困難だと先生は述べた。勝山号との深いかかわりでは中田《なかた》軍医も有力な候補者だった。もちろんジャーナリストや作家でも良かった。ただ馬を熟知する小池氏は最適任。東部第六十二部隊の軍属である氏は筆力にも恵まれていた。

宮崎先生は声を高らかに語った。

「驚くべき展開になりました。一九四一年一二月八日、真珠湾攻撃の勃発です」

小池氏の本はまさしくこの昭和一六年一二月五日印刷、一〇日発行。真珠湾での勝利に酔いしれていた国民は、勝山号の美談に再び感動しただろうか。アメリカ等への開戦と緒戦での電撃的勝利に九九%の国民が熱狂するという渦の中に巻き込まれてしまった。

派手な売れ方でなく、宣伝も慎ましやかな一冊。ただ二年後の五千部という増刷は注目される。著者はこの一冊で時代の寵児《ちょうじ》になったわけではないが、成功した一冊であろう。

執筆の経緯について小池氏は何も語っていないようだ。今後も解明は困難だろう。

以上、伊藤貢『遠い嘶き』と小池政雄『勝山号——聖戦第一の殊勲馬』は今も重要な書物である。小玉克幸氏の最新の研究に学びながら、私たちの視点を模索していきたい。

最後に勝山号が関わった戦闘での中国側の犠牲に言及した上で、宮崎先生は話を終えた。時間が大幅に超過しているので質問時間はなかった。次回は軍国美談により光を当ててみたいという。

裂傷の異名

夏休みが始まる二日前の七月一八日。炎暑は今日も続いている。

鉄朗は帰宅する途中でTシャツを買いに行くつもりだった。足早に校門を出ようとした時に、斜め後方から長身の黒い肌が迫ってきた。

「暇なんでしょ。おしゃべりしていかない」

気まぐれな芽香だった。いつも唐突に誘ってくる。断れない性格だと思っているのだ。最近は常に一人でいるのが気になっていた。

駅前のコンビニへ行った。一〇〇円コーヒーを買って、一足先に着席していた芽香の隣に着席した。物憂げなまなざしで店外を見ている。

「可愛い人だけ差別したのよね。悪い人ね」

アイスコーヒーを飲みながら、いきなりジャブを撃ってきた。退部直後の何人かへのメールについて、今ごろ問題にするとは。

「もう一月も前のことだよね。最近知ったのかい」

精一杯おだやかな口調で返事すると、過敏な反応が返ってきた。

「佳代ちゃんだけに特別な文面を送るなんて。もう、この人ったら……」

芽香の瞳は怪しく光った。つぎはぎだらけの挨拶文ではない。一年生のマネージャー・相原佳代だけには胸の内を明かすメールを送ったという詰問だった。

「差別じゃなくて区別だよ」

苦楽をともにしたチームメートに胸の内を明かせるだろうか。感情を三倍に薄めた表現でやっとだった。その点、年下のマネージャーには異なる文面が可能だった。一年前と同じ情熱を持てなくなった。退部の理由についてそのように綴った。

「佳代は妹の親友よ。知らなかったでしょ」。

妹も含めて三人で話をした。その時に佳代は気がかりなことを口にしたというのだ。

「石川君の証言は揺らいでいます。あの日、吉沢さんに本当に激突したかはいまいち自信がないらしいです」

同時にタックルに入ろうとして衝突した石川である。

「救急車が来る前にも大丈夫ですか、すみませんって謝っていたよ」

鉄朗は反論した。

「真剣なプレーを謝る必要はないでしょ。すみませんという言葉は、この国では謝罪を意味しないって。どうも、どうもと同じで雰囲気にあわせただけ」

あの場に居合わせていない芽香は自信たっぷりに語った。

佳代はマネージャーとして、あの日のケガについて部員に再聴取したという。だが二カ月以上前のワンプレーを疑問に思う者はいない。目尻が一瞬すり合わされたのだろう。球を持った相手との衝突ならば、あれほど激しい出血にならない。当日と同じ結論を確認しただけだった。

陸上部のマネージャーがこの日の練習風景をビデオで撮影していた。その情報を聞きつけた佳代は、唯一の証拠になりうると思って確認した。

「その結果は……」

「絶好の角度だったのに、映像はいまいち不鮮明だったらしい」

「そりゃそうでしょ。接触の瞬間を映像で判定するのは」

思わず安堵の表情を浮かべた鉄朗をみつめて、芽香の表情は輝き始めた。

「ところがね。そこから意外な展開になった」

その直後に記憶は蘇ってきた。佳代は二カ月近く前のクラブ日誌を確認してみた。退院後の鉄朗の会話に耳慣れない単語があった。全く初耳だった。もしやどこかの方言かと思いながら、辞書で調べなかったその一語はカタカナでノートに記されていたという。

「何という言葉」

「カマイタチ……。覚えているわね」

「覚えている。自分も初めて聞く言葉だった」

救急車で担ぎ込まれた病院で、裂傷《れっしょう》を処置してくれたベテラン看護師が発した言葉の不思議な響き。それは鉄朗の記憶に残っている。

「退院後にマネージャーの佳代にその言葉を伝えた。意味不明のその言葉はノートに書き留められたのよ」

鉄朗はそれを否定するつもりはない。それで佳代はどんな反応をしたのだろう。

「この言葉の意味を伝えると青ざめていたわ」

「なぜ、なぜなんだろう」

「待ちなさいよ。まず当日のことをもう一度思い出してみたら」

鉄朗の背中を幾筋かの汗が流れていった。

病院での記憶を蘇らせることは可能だった。痛みは軽くても大量出血という事態に呆然としていた。診察まで待たされたことで何とか落ち着きを取り戻した。

看護師は傷口を処置しながら、わずかな接触でも予想外に傷口が大きくなる裂傷をカマイタチと呼ぶと教えてくれた。全く耳慣れない言葉だった。ただその説明に疑いを持たず、辞書で意味を確認しようとしなかった。

芽香はストローに口をつけて、上目づかいで鉄朗を見た。

「ポイントは、この言葉を聞いた人の対応。鉄朗は説明に納得して意味を調べなかった。佳代ちゃんは初耳の言葉をノートに記したが意味は調べなかった。その言葉とは何を意味しているかを考えようとしなかった。

もし鉄朗が調べさえすれば、どれほど衝撃力ある言葉かを理解できた。あなたの怠慢だったのよ」

堂々とした物腰で芽香は言い渡した。

「全然わからない。何を言いたいわけ」

その反応に顔をしかめた芽香は電子辞書の画面を見せてくれた。

「鎌鼬（カマイタチ）……特に触れても傷つけてもいないのに、切り傷や裂傷のできる現象。昔はイタチのしわざと考え、この名がある」

「そ、それがどうしたの」

「鈍い人ね。あなたのケガは実はカマイタチだった。石川君と衝突したケガではないのよ」

「それはありえないだろ。ケガが幻だって。怪談じゃないか」

「その通りよ。怪談と表現できるかもしれない。ケガは誰の責任でもなかった」

口車に乗せられてはいけない。気を緩めるとさらにあらぬ方向に進みそうだ。芽香の真意を測りかねていた。

「待ってくれ。お医者さんからも二人の顔面が一点ですり合わされることで皮膚が裂けて激しく出血したと診断されたよ」

「衝突しているか、いないかだけが論点ではないの。一〇〇歩譲って衝突したと認めてもいいんだ。でも予想以上の傷になったのはなぜかしら。人知を超えた現象だったと見るべきでしょ」

「イタチが関与したというのか」

「あはは、傑作ね。イタチが関与したと供述を始めるならば。あの校庭にはたまにネコが入ってくるぐらい。イタチはいた？　いなかったのよ。でも怪奇現象は起きたわ」

芽香は起ち上がった。その表情は引きつり、眼光も妖《あや》しさを帯びてきた。眼の焦点が定まっていない。よろよろと歩きながらコンビニの入口に近づき、そこでUターンすると鉄朗を凝視しながら迫ってきた。大きく口を開きながら喘いでいる。「放してくれよ」というつぶやきは次第に大きくなってきた。

放してくれよ。あいつを。傷口にかみついたまま放さないんだ。

血を吸いとろうとしているのか。俺はニワトリじゃない。

何の恨みがあって、皮膚に傷を開けるのだ。どんどん傷は大きくなっていく。

皮膚はもう取り返しがつかないほど裂けている。

だれがこの行為を後押ししているんだ。

なぜ皆は見物しているだけで止めようとしないのか。

あいつは誰だ。なぜ俺を苦しめるのか。


迫真の語りが店内に響きわたる中で、二人の店員がかけつけてきた。その瞬間、芽香は表情を一変させて「お騒がせしました」と謝罪した。こわごわと見守っていた何人かの客もその場を離れていくのが眼に入った。

鉄朗は吹き飛ばされるような衝撃を受けていた。恥ずかしさと驚きが一瞬にブレンドされて、一陣の砂嵐を浴びていた。物陰に身を隠す余裕もなく、肌をさらしていた。

鉄朗の放心状態はなおも続いていた。

「もう私のこと、嫌になっちゃったよね」

憮然としている鉄朗に向かって、芽香は舌を出しながら微笑んでみせた。にらみ付けてやると決まり悪そうにコピーを手渡した。

カマイタチについての解説である。イタチのしわざという説以外に鎌も含めて諸説は存在しているようだ。傷の原因には定説がないという。風や寒冷なる大気との因果関係に着目する意見もある。空気中にできた真空に肌が触れて傷ができてしまうという説もこの文脈だろうか。信越地方を筆頭にして各地で怪奇な現象として語り伝えられてきたらしい。

一つの言葉について多くの伝承や分析が存在している。芽香は図書館で借りた民俗学の書物も取り出した。付箋《ふせん》の箇所にはこの現象についての研究が記されていた。

その時、芽香がトイレに立ったので鉄朗は深呼吸して態勢を整えた。奇想天外な展開こそ怪奇現象のように思える。もう一度変なパフォーマンスをしたら、店外に突き飛ばしてやろう。

でも一方的に打ちのめされたわけではない。芽香は饒舌に語りながら核心に触れていない。大量出血と救急車搬送は些細なことで退部の原因ではない。出血して七針縫った。抜糸した。皮膚の表面に生じた変化でしかなかった。

芽香は恐れを感知していない。この感覚は病やケガとは隔たっている。「唯ぼんやりした不安」という芥川龍之介の晩年の表現と相通じる。凡百《ぼんぴゃく》のラガーマンの突進には微塵も感じず、稀有な存在によってのみ生起される。芽香などには理解できない。ラグビーと格闘してきた者だけが掌中《しょうちゅう》におさめている感覚だ。

席に戻ってきた芽香はすっかり平静に戻っていた。お騒がせしましたと言ってアイスクリームを買ってきた。洗面して髪をとかし、服装もチェックしてきたようだ。標準服をきりっと着こなして、意思が強く賢そうな女子高生に戻っている。

鉄朗も気分を切り替えようかと思った。

「結局、今日の結論は何だったの」

「この世の現象は科学の眼だけでは説明できない。世界はもっと多様なの」

「それに誰に対する批判？　何の本に書いてあるの」

芽香は顔をしかめて首を横に振った。

「だめよ。頭でっかちの議論をしたら。そんな魅力のない人は恋愛などできないわ」

急所を突かれた鉄朗は言葉を継げなかった。思い直して一矢報いたかった。

「一つ疑問があるんだ。カマイタチは血が出ないと資料に書いてあった。でもあの時は大量の出血をしたんだ」

「血痕鑑定してないでしょ。本物の血だとは断言できないわ。テレビドラマや映画でもいくらでも出血するじゃない。もっとクールにみつめないと」

（何がクールだ。このイタチ女……）

鉄朗は憤然としたが、理屈の通じる相手ではないことを自覚した。ここで爆発すると相手の思うつぼだ。

芽香は一点だけ言い忘れていたという。佳代の反応を補足した。意味不明な一言を佳代が述べたというのだ。全国にはカマイタチの原因をイタチではなく鎌とみなす説がある。その一言を聞くと佳代の表情は一変した。

「鎌のイメージは吉沢さんにぴったりだと思うんです」

なぜ佳代が鎌にこだわったのか、芽香は当初理解できなかった。次の一言で納得したという。

「成功率は低いけど吉沢さんは相手の膝下へのタックルを決めます。まるで鎌で草を刈るようなタックルを」

鉄朗のタックルの特徴を佳代は承知していた。もっと確実性を増すようにと指導されていたことも記憶に留めていた。

「カマイタチの犯人はイタチではない。きっと鎌じゃないかと思うんです」

ややや舌足らずな佳代の語り口は愛らしい。口調を真似しようとしても、芽香はまるで似ていない。

鉄朗は吹き出しそうになった。

二人はコンビニの出口で別れた。振り返って芽香の姿を追うと、広い歩幅で加速していく。屋外の熱気の中で、鉄朗はやっとやすらぎを感じることができた。

芽香の集中力はすごみを感じさせた。カマイタチの語源と全国での分布、土俗的な伝承を裂傷の原因としてクローズアップした。妄想でしかない。だが無関係なものを一本の糸でつなぎ合わせる情熱と行動力は並々ならぬ存在感だった。

動機は理解できなかった。芝居がかった語り口も不思議である。何か目的があってカマイタチを持ち出してきたのだろうか。

鉄朗に退部を翻意させようとしている。その一点は明らかだった。もしや主将の多賀との共謀なのか。二人の接点は知らない。そんなことをして何の得があるのか。見当もつかなかった。

共鳴板

八月四日の連続講座。宮崎先生の報告のタイトルは「戦争と民衆——なぜ人びとは戦争へと駆り立てられていったのか」。夏休みのせいか、前回よりも受講者が増えている。

「こう暑いと、冷房に頼りきって室温を極端に下げても寒さを感じない。暑さも感じない。その感覚は戦時中になかっただろうか——」

青いシャツ姿の先生は率直に語った。このサブタイトルは昔も今も難問だという。人びとは戦争へと動員された。強制されただけでなく、主体的にものめり込んでいった。それを促した要因についての諸説を検討してみたい。

貧しさも一つのバネだった。窮乏の渦中にいる人たちは、満州事変によって窮状打開への期待を持った。後に満州移民を送り出した地域にもその動きは存在していた。

この説も否定できない。金融恐慌、昭和恐慌の打撃から長期間立ち直れなかった人は多い。消費文化の花開いた大都会にも貧しき人びとは滞留して苦境にあえいでいた。

その一方で、貧しさ一色で当時をみつめることにはきびしい異論も存在している。

満州事変の開始は、日本経済の新たな方向を切り開いた。軍需生産と満州への投資は、恐慌からの脱出に意義を持った。貧しさの激化だけでは経済情勢をとらえられない。

レジュメには、歴史家永原和子《ながはらかずこ》の叙述から引用がなされていた。「非常時のかけ声の高まる一方で、こうした平和ムードや消費生活の高まりがあった」「生活の平安や一定の繁栄は、軍需生産や大陸進出などいわば戦争への危険な道を歩むことで支えられた」

宮崎先生は、これらの視点は歴史書として説得力を持っており、現在においても示唆的であると語った。

(全く理解できない世界だ。八七年前の貧しさも現在の貧しさも……)

そもそも貧しさを実感したことがない鉄朗には、言葉だけが通り過ぎていく。

昭和初期には貧しさゆえに娘たちの身売りまで頻発していたという。その貧しさは今はもう姿を消しているのか。続いているのか。何の判断材料も持っていなかった。

「あの時代に軍国美談はなぜ浸透したのか。その解明には細心の注意が必要です」

軍国美談への反発だけでは不十分。なぜ社会に浸透したのかを見出す努力こそ求められている。先生はそう提起した。一つひとつの美談の独自性をつかんでいきたい。美談を支える土壌は長期的にいかに築かれてきたのか。

明治以降に天皇への尊崇《そんすう》と忠君愛国的な思想が社会のあらゆる場で賞揚されてきた。教育勅語、軍人勅諭もその要である。学校教育と地域社会はその価値観を植えつける場だった。

昭和が始まる以前からの動きも含めて、代替わりの皇室行事を忘れてはならない。昭和天皇の御成婚。大正天皇の大喪《たいそう》の礼《れい》。昭和天皇即位の御大典《ごたいてん》。これらの行事を通じて皇室の存在感はさらに強固に庶民に伝えられていった。

学校には明治期から御真影《ごしんえい》が設置されていた。登校時において天皇崇拝は児童の習慣として身体で記憶された。祝祭日でもたえず天皇を意識せざるを得なかった。国定教科書はもちろん決定的な意味を持っている。忠君愛国の思想を植えつける役割を果たした。

「でも読まないで批判する人は多いですね。先入観だけでの批判はダメですよ」

ちょっぴり皮肉をこめた口調で宮崎先生は話した。国定教科書は忠君愛国と皇国史観を押しつける内容だと自らも信じ込んでいた。実際に読むとさらに手ごわい相手だと実感したという。

一九三三（昭和八）年から使用された国定教科書の国語を熟読してみた。予想以上に豊かな内容を含んでいるので驚いた。子どもたちの生活を描く綴り方。童心を揺さぶる詩、素朴で美しい唱歌。動物たちも教材に頻繁に登場する。死を賞揚する価値観や軍国主義の礼賛は見逃せないものの、忠君愛国と皇国史観だけの一冊ではない。

人格の完成や道徳的価値観への誘い、童心に訴えかける文章も目立つ。よく生きることとの究極的な姿としてお国のために死ぬことが賞揚されていた。その文脈で説得力を持っているから恐ろしかった。同年の教科書に登場した「ススメススメ　ヘイタイススメ」だけで、教育の軍国主義化の頂点と結論づけるのは一面的だ。その視点では足もとをすくわれるだろう。

「あの時代を生きた人びとをどうみつめるか。国家の押しつけを信じこんだ人は多いけれど、主体的な判断で教科書の価値観を受け入れた人もいる」

その両面を意識したい。子どもも大人も無条件に軍国美談を信じ、国家の思い通りだったと描くならば、当事者の感受性や主体性を全否定することにつながる。なぜそれらを信じたのか。信じた結果、いかに裏切られたかの両面に注目したい。

「もちろん軍国美談は要注意です」と宮崎先生は注意を喚起した。

意図的に創られたものも多いからだ。日清戦争時の木口小平の美談。死んでもラッパを放さなかったというエピソードの真偽もわからない。その美談にどの程度の説得力は含まれていたか。いかなる狙いをもって生み出され、社会的に伝播したか。

「現在ではインターネット上の拡散や炎上もある。だがそれとは違う形で、美談を熱心に広める人は当時も存在していた」

暇をもてあましたおしゃべり好き。噂話に興じる人たちの存在を鉄朗は想像した。だが実態はまるで異質のようだ。地域に根を張る組織を背負った個人のダイナミックな動き。そのイメージこそ重要らしい。

「担い手は決定的に大事。国のリーダーと同時に地域のリーダーも鍵を握っていた」

軍国主義の進展や軍部の台頭という大状況だけに眼を奪われてはいけないと先生は語った。軍国美談を伝播し浸透させていく組織とその担い手の存在を記憶したい。在郷軍人会や青年団、婦人会などの役割は満州事変以降さらに重要性を増していた。

どんな時にも天皇陛下を崇拝し続ける。大日本帝国の臣民として国家を支えていく。その決意を抱く人びとが全国で分厚い層をなしていた。その価値観を拒否できる人たちはごく少数だ。地域の要となる諸集団の担い手は国家の価値観を背負っていた。

満州事変以後の軍国熱の高まりも地域のブルジョアジー、商工業者たちの主導だった。新聞社はその流れに棹さして、自ら先頭に立って軍国熱、排外熱を煽り立てた。戦争賛美の紙面によって部数の伸張はめざましく、社業は発展していった。

一九三七年の南京事件の存在を知らずに、南京陥落を祝賀する提灯行列は全国で行われていた。人びとはなぜ戦争に熱狂したのか。ただ命令されるままに動いたのか。昔も今も変わらぬ問いは提起されていると宮崎先生は述べるのだった。

「劇的な転換点はない。真綿で首を絞められるように感覚が鈍磨していったという見方がある。それに対する異論もある。感覚が鋭い人こそお国のために火の玉になったというとらえ方だ。強者への従順と忖度《そんたく》を前面に押し出した行動パターン。現代にも共通するかもしれない」

昔と今はどう違っているのか。それを見きわめるのは難問であるというのだった。

「反戦運動や抵抗は困難だった。社会の脅威とみなされた者への弾圧は容赦なかった」

社会を根底から問い返すことは、天皇への反逆と見なされた。特高警察や憲兵が人びとへの監視と弾圧を担った。だが権力に恭順な人たちも地域でそれに協力する役割を果たしていた。

かくして戦前の日本は監視社会として、社会の同質化が進められていた。それゆえファシズム政党という新たな政治勢力は必要なく、大政翼賛会に既存の政治勢力がなだれ込んだ。社会の同質化が極限まで進行したのは大政翼賛会の誕生した一九四〇年から敗戦まで。ただそのはるか以前から、究極の抑圧的空間は多くの現場に存在していたに違いない。

社会とは多様な空間の集合体である。戦前の日本社会もまだら模様であった。身近な空間を平穏に感じる人もいた。その時点で、社会の大部分はとうに窒息させられていたに違いない。

「敢えて申し上げます。敗戦までの民衆に対する抑圧を重視するのは当然。政府や軍部などの権力者に最大の戦争責任があることも自明です。しかしその視点だけで昭和史は解明できない。民衆そのものの解明こそ必要です」

民衆は戦争の犠牲者である。だが戦争を積極的に支えて皇軍の勝利に熱狂したのも民衆である。先生の指摘に表情を硬くする受講者もいた。

「さらに複雑なのは、戦時中も民衆の関心は戦争だけに向けられていたわけではない」

庶民はスポーツや芸能に熱狂した。それと同時に郷土の民族芸能や祭りを支え続けていた。戦時下での制約はあっても悦びと興奮を感じられる場が地域にも存在していた。熱狂と興奮は現実への視野狭窄《しやきょうさく》につながりかねない。先生は写真を示して解説を続けた。

アインシュタイン来日時の歓迎。皇室関係でご大典。皇太子誕生の一枚。横綱双葉山《ふたばやま》の快進撃。南京陥落を祝う提灯行列。東京六大学野球の早慶戦。李紅蘭《りこうらん》の帝劇公演。その後に各地の祭や民俗芸能を撮った写真は続々と紹介された。いずれも一九二〇年代から敗戦に至る時期の人びとの熱狂と興奮を物語る写真だった。最後に神社仏閣での厳かな参拝を撮った写真も紹介された。

鉄朗はその一枚一枚に興味をひかれた。戦争への熱狂だけではない。スポーツや芸能・文化にも多くの人は魅せられていた。当時のラグビーはマイナーでありながら、熱心なファンに支えられていたと耳にしたことがある。

奇しくも、鉄朗の思いと重なる一言を宮崎先生は発した。

「人間は何に引きつけられるのか。熱狂は何を忘れさせるのか。郷土はどう関わっているのか。その視点も意識した上で戦争の時代をみつめましょう」

歴史研究には昔から論じられながら、未だ論じ尽くされていないテーマも多い。古くて新しいその諸点にどう向きあえるのか。戦前も昔話ではないことを私たちは高校生に語れるだろうかと述べて、報告は締めくくられた。

質疑応答では、予想されたように多様な角度からの問いが発せられた。

「幕末のおかげ参りやええじゃないかでも民衆は熱狂した。満州事変以降の戦争熱だけではなく、民衆はたえず熱狂しているのですね」

高齢の男性は知的好奇心をそそられると言った。

「今はみなさん疲れ気味ですけど……」

宮崎先生は軽く笑いを取った上で、その推論は間違っていない。その際には熱狂の質にこだわってみたい。国家や社会はどう関わったのか。メディアや教育、地域の諸組織はその流れをいかに支えたのかも注目に値する。民衆の自発性を引き出した秘訣とは何か。その視点で民衆の熱狂に注目したいと述べた。

ちなみに、おかげ参りは日常から脱出したい庶民の熱狂。ええじゃないかは世直しへの期待と関係する。幕末社会との緊張関係は明らかだろうと答えた。

別の受講者から関連質問が出た。

「江戸期は平穏で明治維新以降に社会矛盾は激化するという理解でよいですか」

先生は一瞬たじろいだ。江戸期の社会矛盾も激烈で深刻だったから、平穏とはいえない。だがそれ以上に明治期では富国強兵などで社会に劇的な歪みがもたらされ、矛盾も強まったと述べた。

一つの時代の特質を浮き彫りにしようと、歴史学者はどれほど精緻な研究を重ねるかについて先生は語った。村落レベルでの経済構造などの実証研究を経て、時代と社会を解明する。だがその学問的結論が正しいという保証はない。致命的な誤解さえ時には生じるという。

時田《ときた》さんは待ちきれないように別の問いを投げかけた。

「息子よりも若い世代の宮崎さんは、どんな時に庶民の熱狂を肌で感じましたか」

先生はタイ旅行で格闘技ムエタイを観戦した経験を話した。日本の野球場、サッカー場の熱狂も身近だと語った。同じ問いを宮崎先生は受講者に向けてみた。スポーツ観戦、皇居の一般参賀、六

○年安保闘争、巨大宗教団体の集会などの回答を引き出した。
「それぞれ必然性があったわけですね」と無難なコメントで締めくくった。

「皇国史観や国粋主義の時代に、それと無縁な場所はあったのですか」

藤野さんは鋭く問いかけた。鉄朗には不可能な質問だった。

「うかつなことは言えません。でもごく一部には存在していました」

『窓ぎわのトットちゃん』のように、学校ごとにその雰囲気は違う。地域や仕事の特性も関連している。国粋主義によって外国人を排撃する風潮が強まっても、それに同調しない人はいた。親愛なる外国人メアリーの名前にちなんで命名されたという美貌の教師に酒場で出会った記憶を持っている。明理子《めりこ》という名前だった。酒場へと脱線した先生はすぐに戻ってきた。

「最近知ったのは、戦時中の東京女子大学国史学科」

ここで学んだ一人の歴史家は戦争末期でも皇国史観に基づく教育を一切受けていないと証言しており、大変驚いたと語った。

「クリスチャンの大学だからよ。例外中の例外。国中が皇国史観で染め上げられていました」

常連の女性受講者末吉《すえよし》さんは語気鋭く迫った。

「もちろん例外的です。大多数の人たちは神の国だという宣伝や煽動に影響されていました。ただ稀有な空間も存在していたようです」

先生の回答に対して、末吉さんの表情はまだこわばっていた。

二人のやりとりに鉄朗はじっと耳を傾けていた。皇国史観は、戦時中の社会を覆い尽くしていたのか。多少なりとも抜け道は存在していたのか。日本軍の勝利を讃える提灯行列に集った人たちは、皇国史観を心から信じていたのか。単なる提灯持ちだったのか。

それを尋ねられる存在は身近にはいなかった。それを学べる場、刺激を受けられる場としてこの講座は意味を持っているのかもしれない。

その夜、帰宅して玄関のドアを開けると、兄の靴に気づいた。久しぶりの帰省である。この日は豪華な夕食が用意されていた。ローストビーフ、たっぷりの煮穴子、海鮮サラダといずれも兄の好物だった。久しぶりに四人での夕食となった。

鉄朗以外はビールで乾杯した。ビールを飲む兄の姿を初めて見た。関西での生活に慣れてきたので、中学の修学旅行以来である京都と奈良への探訪を楽しんでいるという。

「クラブを辞めてから元気にしているのか」

近況を問われたので、昭和史講座に出席していることを話した。この日は庶民の熱狂についての報告で、スポーツも話題になったと伝えた。

父は珍しく関心を示した。スポーツと熱狂という主題に反応してきた。

「だめだよ。一括りにしてはいけない。スタジアムの熱狂はスポーツの種類で違っている」

父は戦時中に言及する訳ではなかった。この四〇年間でサッカー、野球、ラグビーも著しく変容したと言いたいらしい。

サッカーの応援歌など昔はなかった。プロ野球のナイター観戦では、味方選手を野次り倒す酔ったファンをよく見かけた。最近はファンも上品になってビールの売り子も若い女性になった。

「ラグビーファンは昔も今も暴れないからね」

他競技よりはラグビーの変化は小さい。今も忘れがたいのは四〇年以上前の思い出だと父は語った。緊迫した試合中の場内アナウンス。近隣の大学病院の外科医に手術なので病院に戻るようにとの呼び出し放送があって、場内は爆笑の坩堝《るつぼ》と化してしまったという。

鉄朗は一瞬意味を図りかねていた。携帯電話が出現するよりもはるか昔に、個人への連絡依頼に応える場内放送を行っていたとは。一人ひとりを尊重する時代だったのだろうか。

スタジアムの熱狂などと一括りにできない。競技の違いをみつめよと父は言いたいようだ。

「いや空間は違っても、熱狂という構図は一貫している。共鳴板が影響力を持つ」

兄の一言で語らいは緊迫してきた。共鳴板という言葉で熱狂を解明しようとしている。共鳴板とは弦の振動に共鳴して、その響きを増幅する木の板。弦楽器などに備えられている。この言葉を用いれば、熱狂の高まりを巧みに表現できるという。

スタジアムを埋めつくした観客にはその競技を体感した人もいる。その存在はより強い共鳴板となる。観客兼当事者のこの存在によって熱狂は頂点まで高められていく。

鉄朗にも理解は可能だった。ラグビー観戦でも球の動きだけに眼を奪われない人、攻防の逆転する一瞬をより早く見きわめるファンはいるのだ。競技経験の有無は定かではないが、秀でた眼力を持つ人たちだ。この種のファンこそ熱狂の起動力になっているに違いない。

（それって、今日の講座と関連している……）

軍国美談は人びとに浸透する。日本の戦争を聖戦として讃える動きが広まっていく。それを支えたのは在郷軍人会など社会的組織。日清・日露戦争、シベリア出兵などを体験した世代も威厳を持っていた。男も女もこの戦争を支えるために最大限の努力をした。

国の指導者だけで戦争を遂行できるはずはない。地域で存在感ある人たちの存在こそ鍵を握っていたという。ただその話題はこの場で語るべきではないだろう。

「初心者でも素直に応援しやすいのはスポーツよね」

母は多様な文化の変容に注目している。世代を越えた流行歌は長らく昔に消滅し、演劇も映画もディープな印象を強めている。誰もが親しみを持てる作品は少ない。スポーツの影響力は格段に大きくなってきた。スポーツを軽視する社会も困るけれど、スポーツばかり脚光を浴びるのも違和感を持つ。子どもはスポーツ選手やお笑い芸人に強い憧れを持っていると語った。

「戦争中は軍人が憧れだろう。スポーツ選手への憧れは自然だと思うけどね」

スポーツへの憧憬《しょうけい》についてはシンプルに語るべき。現代社会論などと関連させて、力んで論じたくないと父は語った。

「現代社会論か。お釈迦《しゃか》様でもないのにこの社会を一望できないわ。芥子粒《けしつぶ》の一人としては」

母もあきらめ顔である。

「結局、時代の勢いに巻き込まれる。それは庶民の宿命さ」

クールな自分でも多くの言葉に影響されてきたと父は語った。周囲でも善良でだまされやすい人たちほど、多くのスローガンやコピーに翻弄されてきたという。

たとえば次のようなスローガンやコピーは間違いだと父は槍玉に挙げ始めた。声を大にして、一つずつ唱えていく。ビールにではなく、自らの言葉に酔い始めたようだ。


「お国のために死ななければならない」

戦争中は信じ込まされていたという母の反応あり。

「練習中に水を飲むな」

全員が爆笑。

「男子厨房《ちゅうぼう》に入るべからず」

鉄朗はつまみ食いで頻繁に入っているという兄の指摘あり。

「働かざる者食うべからず」

本来は聖書の言葉、労働組合などの場でも広がる。今では弱者切り捨ての思想そのものだと思えるとの兄の指摘あり。

「ぜいたくは敵だ」

我が家では今も正しいと母の声あり。

「二四時間闘えますか」

たかがコマーシャルでしょと母は続けた。

「不倫は文化だ」

そんなに影響が大きかったのかという鉄朗の驚きに、母は腹を抱えて笑い出した。

「全然脈絡がない。お父さんとは無関係な言葉も多い。センス古すぎるわ。戦前と戦後と今と、せめてそのぐらい区別して」

「はいはい。了解しました」

父は納得したものの母はもう一歩踏み込んでいく。

「何よ。銀行だってさんざん調子のいいコピーで庶民を煽《あお》ってきたでしょう」

父の表情は一瞬陰りを見せていた。

「現在では馬鹿みたいな一言でも、その渦中ではもっともらしく見えた。拒否するのは難しかったのかもしれない」

兄の一言に、母も真顔になり始めた。

「そうね。その時代にはある種の説得力があったことを否定できない」

過去に向きあうのはむずかしい。かつてまばゆく見えた言葉でも、時間の経過とともにすっかり姿を変えてしまうと母は述べた。過去を適度に忘却していくことこそ、社会の潤滑油に違いないという意見を、ある人の意見として兄は紹介した。

「あなたはその意見についてどう思うの」

母の問いかけに対して、兄は一瞬言葉に窮した上で語り始めた。

「いや困るよ。何十年前の言葉をすべて記憶されていたら、気楽に発言などできないからね。君子《くんし》豹変《ひょうへん》すで適度に変わっていくことで当然だと思うけど」

母はひとまずうなずいた。「あ、あの目標もそうだわ」とつぶやいた。

「いつも仲間と支えあい、仲間のために働こう」

母が発した一言に、三人は思わず顔を見あわせた。そんなスローガンは初耳だと言うのだった。母の学んだ都内の中学校の三つの目標の一つだったという。少女時代には美しく思えたこの目標は、四十数年経った現在では異質に見えてくる。個人の自立を曖昧にして集団への献身が優先されるのは困る。大いに危うく思えると述べた。

「この種の理想に今では批判的かな。仲間は時によそよそしい。抑圧される危険性は強い」

そう語った母は二重の意味でショックを受けたという。先日の同窓会でこの話題を述べると、その目標をかつてすばらしいと思っていた同級生は皆無だった。後日調べてみると、とうの昔に学校の目標は丸ごと一新されていた。

「会社員の本音は、個人の自立よりも集団の結束。それはどの組織でも同じだろう」

父は母との感受性の違いを示したいようだ。母も同じである。

「ラグビーも勝手気ままなプレーは許されない。でも各人の考える力はとても大事でしょ」

鉄朗に同意を求めてきた。

「いや、もう自分は発言の資格がないっす。その点には」

その反応に、周囲も納得するそぶりになった。


個人と集団との関係はむずかしい。どの地点に立ち、どの角度から何を見るかで様子は違うと兄は語った。

「軽飛行機で上空三〇〇〇メートルから大地を眺める。ドローンで二〇〇メートルから見渡す。ジェット機で一万メートルから眼下に収める。その三つを比較すれば参考になると思う」

「えっ、あなた体験したことがあるの」

あくまでも仮の話という返答に母は肩すかしを食らっていた。日常を大切にしたい。でもそこに埋没すれば視野狭窄で終わる。その悩ましさを感じていると母は語った。

「六〇年間も生きてきたけれど、日本という国をまるで理解できていないね」

父はさばさばとした口調だった。でも今さら日本史など学べるかと開き直っている。

「何も日本だけにこだわる必要はないから」

兄はもう一歩先をみつめたいようだ。鉄朗をみつめながら語り始めた。

現代社会の分析も至難だが、過去の歴史も同じだ。常識に依拠するだけでは進歩もない。建築史での一九二〇年代後半から三〇年代前半はモダニズム建築で注目される時期。多様な可能性が胎《はら》まれていた時代だった。日本という枠に縛られれば、戦争への時代への反省という観点で戦前・戦中に向きあいがちだが、建築史ではより広い視野で学んでいくのが当然である。

鉄朗は初めて耳にする話だった。歴史を冷静に検証することで、建築への視野は広がっていくのだろうか。鉄朗はもう少し話を聞きたいと思った。

「勉強してもらいましょう。若い人には」

母はとりあえず話を締めくくろうとした。

「そこで一首どうだ」と父が突然促した。母は照れながらしばし考えて披露した。


学舎と理想の言葉は遠ざかり今なお我は女の盛り

小さく何かを叫びながら、兄はテーブルに突っ伏してしまった。

「今なお我は身の程知らず」と鉄朗はつぶやいた。兄は悪酔いしてしまったのに違いない。でも兄の帰省は嬉しかったのだろう。今日の母は少し輝いて見えた。

その時、母の携帯が鳴った。画面を見てその表情はにわかにきびしくなった。最初の一言、二言は低い声で反応していたが、次の瞬間に声は裏返ってしまった。

「何言ってるのよ。迷惑を考えなさいよ」

喧嘩腰になっている母を見て、父は困り果てたように右手でトイレの方向を指さした。伯父からの電話であることを皆わかっていた。突然の電話で金を無心してくる。非常識なふるまいばかりだと、母はこの間実兄に対するいらだちを募《つの》らせていた。

言葉の海

この夏、列島は猛暑と豪雨災害に直面していた。救援と復旧を待ち望む各地の爪痕《つめあと》の深さはテレビの画面からも強く感じとれた。鉄朗もたびたび釘付けになっていた。

芽香は休み中にもメールをしてきた。短い返信をした。クラスメートについての雑談の中で、連続講座への参加をつい伝えてしまった。雲の中にいる感覚。でも興味をひかれていると。

その後、暑中見舞いのハガキが届いたので驚いた。「祖母の家に行って、私たちの歴史への視点をみつめ直そうと思いました」と記されていた。返事は出さなかった。「私たち」という語は少し気がかりだった。

八月二三日の夕方、家でテレビを見ていた。母は啓子館長との用事で出かけていた。

突然玄関のチャイムが鳴って、インターホーンの受話器を取ると芽香だった。強い驚きではなかった。暑さは峠を越している。用水近くのベンチで話そうと思った。冷蔵庫からペットボトルを二本取りだした。

「大胆だよね。自宅まで押しかけるなんて」

恥じらいモードで語る芽香の日焼けした肌にピンクのシャツは似合っていた。現役運動部員のような肢体。身体の厚みが伝わってくる。

十数分後、用水前のベンチで二人の膝は隣りあわせになっていた。

「今日はね、ケガの原因はカマイタチだなんて言わないから」

のっけから軽口で切り込んできた。

母の郷里に帰省して、看護師だった祖母に聞いてみたのだという。カマイタチをやはり知っていた。スパッと切れて意外に深い傷という解釈だった。

「この前と同じじゃないか。勘弁してよ」

あきれている鉄朗の指に長い指をからめてきたことに驚かされた。自らの膝の上に指を押しつけるとすぐに手は放された。指はしばし宙を舞っていた。

「いまジャンプ台を踏み切る。安心して。この前とは角度も違う。大丈夫よ」

軌道修正したことでひとまず口をつぐんだ。同じ話ではないと芽香は強調した。

「病院でこの言葉はなぜ長年使われてきたのか。それってミステリアスだと思うわ」

そこで不機嫌そうな表情をしたのは誤りだった。芽香の表情はにわかに強張ってしまった。思考回路にスイッチが入ったに違いない。カバンからノートを取り出した。不機嫌そうな表情で無雑作に頁を開いていく。

鉄朗は覚悟を決めた。もし先日のように憑《つ》かれたような会話に一変するならば席を立とう。その思いでペットボトルの水を口に含ませた。

「日本の病院の歴史、医学の発展を勉強してみた。ようやく見通しがついてきた」

病院の歴史を勉強したとは、何と奇嬌《ききょう》なことを言うのか。その角度からどんなミステリーを作り出すのだろうか。

「大病院の特徴とは何だと思う」

意表を衝かれた鉄朗はたどたどしく答える。一晩入院したのは中規模病院。大病院は祖父を見舞ったが、多くの診療科目に驚いた。高度な医療器機で最高水準の治療をするらしい。

「その通り。病室も快適で、最新の設備は揃っている。でも大昔の病院は全く違っていた」

鎖国の中で、西洋医学を学んだ蘭学者の功績は忘れがたい。江戸後期には各地で西洋医学への探究も始まっていた。とはいえその時点までは長らく東洋医学や民間療法こそ要だった。宗教家や呪術師《じゅじゅつし》による施療《せりょう》も長く続いた。

「この分野でも明治維新から流れは変わったの」

明治維新を経て、医師の国家試験が始まる。西洋医学の修得も必須条件になった。欧米から学んだ近代医学を日本の医学界は目標にしてきた。

「最近はドイツ語で書かないのかしら」

海外で最も影響を受けたのはドイツの医学である。医師がカルテをドイツ語で書いてきたのも当然だという。鉄朗もそれは耳にしたことがあった。

「西洋医学で、診療科目を細分化するのはなぜだと思う」

口ごもる鉄朗の前で、芽香の説明は続いた。

近代医学の基本は、科学的なアプローチで人体の臓器を調べていく視点である。心と身体とを分離して把握する。東洋医学や日本の伝統的な治療法とは異なっている。

「治療のテクニック以前に、世界をどうみつめるかは医学と関わっているわけね」

スマホをいじりながら、不思議そうに芽香は言った。

「でも東洋医学は今なお強い影響力を持っている。民間療法も健在であるから不思議」

東洋医学は奥が深そうだという芽香は、近所の漢方薬局の評判までくわしかった。でも結論としては、西洋医学抜きに日本の医学の現在はありえなかったと強調した。


「それが現時点の結論ね。西洋医学だけを盲信すべきではないけれど」

無知蒙昧《むちもうまい》をどう克服できるか。無数の試行錯誤を経て、医学の歴史は開拓されてきた。あの野口《のぐち》英世《ひでよ》博士の医学的な業績も、現在ではほとんど有効性を失ってしまったという。

このコメントも本の引き写しかもしれない。でも鉄朗にはこなれた説明であると思えた。

新たな解説は進んでいく。診断技術の進歩は日進月歩である。医学の発展によって医療器機の精度は高まり、その精度の向上ゆえに精緻な診断は可能になり研究水準を飛躍させていく。

「五五年前の胃カメラを見たことはあるかしら」

芽香が取り出したのは現在の超小型の胃カメラと、初期の胃カメラの写真だった。長足の進歩を手際よく説明してみせた。たしかに説明は上手である。でも芽香のような医師に安心して検査を頼めるだろうか。その思いは鉄朗の頭をよぎった。

一〇年、二〇年後のガン治療はさらに前進している。画期的な治療法によってガンが克服されていく未来を予測してみせた。鉄朗はたまらずに問いかけた。

「それで結論は何なの。何を言おうとしているの」

「科学的で近代的な医療をめざしてきた努力は、豪華な病院につながっている。医療水準の停滞した病院は生き延びられない」

細かな話は全部省略。多くの本を読んで、結論をまとめたという。鉄朗は首をかしげた。

「全然理解できない。カマイタチとどう関係するのか」

「それは今から言うところじゃない」

「ここでキツネ憑きみたいになられたら困るんだけど……」

「何よ。ずいぶんな言い方じゃない」

「わかった。もうちょっと聞くよ」

遅かった。一瞬のブラインドタッチで激怒と入力されたに違いない。

「何だ。こんな男がカマイタチを否定するのかよ」

芽香の声は憤怒《ふんぬ》を帯びた。渾身の思いでにらみつけると芽香の視線はそらされた。座り直して一五センチ遠ざかった。ここで帰ろうかとも思った。思い直してさらに五センチ遠ざかった。

がらりと変わった口調で鉄朗を招きいれた。

「近代医学の申し子が病院ですよん。そこでカマイタチなんて迷信に基づく言葉を使いますか。教会で柏手を打つように場違いだと思いませんかぁ。ポン。ポン」

とっさの豹変ぶり。その指摘に沈黙せざるを得なかった。

(それはその通りだ。否定できるだろうか……)

防御の穴を発見したように芽香は一気に攻めこんでくる。

戦後七〇年以上経っても、土俗的社会において育まれてきた言葉をなぜ使うのだろうか。不思議である。暇な看護師はいない。最新の看護技術も含めて、必死に学ばなければ看護の仕事はできない。伝説や迷信の類に関心を示している暇はないはずだ。

「そういう趣旨なの。病院でカマイタチという語を使うことはミステリアス。鉄朗はどう解釈しますか」

ミステリアスという言葉を芽香はくりかえした。

「あれ、あそこにカエルが二匹もいる」

窮地を切り抜けようと、話題を変えることで精一杯だった。ひとまず芽香の視線を誘導しても鉄朗の胸騒ぎは続いていた。この論法に乗じる隙《すき》はないか。一つの手がかりを着想した。

先日はカマイタチの存在を主張していた。今日は迷信として論じている。その主張に一貫性はない。その点を突破できるかもしれない。

夏休みにこんなテーマを勉強していたとは予想もできなかった。暑さでほてっている首筋に氷を押しつけてくるような驚きがある。


「それでどうなの……」

問いかけられて沈黙は許されなかった。

「二例だよね。僕らが出会ったのは一人ずつ。芽香の場合はおばあさんだ。その事例だけでカマイタチという言葉が病院で今もなお定着しているとは断言できないでしょ」

思いつきでの防戦だった。二人は親や先輩から聞いただけかもしれない。全国の医療従事者に継承されているとはいえない。看護学の教科書に記されていれば別であるが。

「悔しいけど一本取られたわ。その点はまだ確認していない」

芽香はあっさりと譲歩した。

対話は口から出任せで許されるはず。厳密なエビデンスは不要だ。控え目であってはいけない。黙っていれば、さらなるきびしい一手を呼び寄せてしまう。

「もう一つは、日本語が豊かであるという視点かな」

鉄朗はつい調子に乗って、もう一つの切り口を提示しようとした。啓子館長と母との会話を再現してみようと思ったのだ。

それは花鳥風月を愛し、人情の機微を重んじてきた日本人の言語感覚に関わっている。花や虫をみつめ、多くの異称までつけた。野辺の花をあだやおろそかにしなかった。たなびく雲を表現するあまたの言葉を持ち、美に対する透徹した感覚を育んできた。

たとえば傷の具合などという平凡な表現では満たされない。昔の老人たちはもっと豊かな語彙力を持っていたから。それへの対処として、情趣ある言葉としてカマイタチが選ばれたのではないか。医学用語ではない。伝承されてきた語義とニュアンスも違っている。それを承知した上で、味のある表現として医療従事者は慣用するようになった。日本語のふくよかさ、医療従事者のコミュニケーション能力の高さとして説明できるのではないか。

「すごい。さすがね。今の解釈はとても興味深いわ」

芽香は感心した。日本語の歴史の中にカマイタチという語を受け継いできた人たちを位置づけている視点は豊かだと述べた。

「今までイタチに関心持ったことはありませんかぁ?」

「いや別に……」

吹き出しそうになっても鉄朗は冷静さを装い続けた。イタチやテンはニワトリを襲う害獣である。その程度しか知らなかった。皮を利用するために数多く捕獲されてきたことを、前回コンビニで教わったと感謝した。

鉄朗は正直に語らなかった。先日来イタチに魅せられてきたということを。イタチの写真を見れば見るほど、意外な可愛さに驚くばかりだった。ニワトリを襲う獰猛《どうもう》さを秘めているとは思えない。芽香の前でこのイタチ女などと口走ってはいけない。それは好意を持っているという告白と同義になってしまうのだ。

芽香はそれを知らずに言葉を続けた。

「カワウソほど稀少価値ではないわね」

「イタチの最後っ屁《ぺ》という言葉は有名だよね」

全国に数々の伝説や言い伝えが存在している。カマイタチもその一つだろうと鉄朗は応じた。人間にとって身近であり緊張感を持つ動物だったのだろう。

芽香の両親の実家は青森と長野にあって、ともに専業農家を営んできたという。畑仕事や山仕事の合間に野生動物に接するのは祖父たちにとってありふれていたことだという。

「でも誤解しないでね。農村にいる人のすべてが農業に従事してきたわけではない」

再び饒舌な歴史談義になった。数百年前の江戸時代では社会の八割は農民だった。里山に抱かれ、田んぼと畑で農業に従事する人たちだと思える。でも農村に暮らす人のすべてが農民ではない。職人や商いや多彩な仕事に従事していた人も多かったことは、今では常識だという。

農村とは鉄朗にとって未知の世界である。その語りは魅惑的に思えるのだった。

持参したペットボトルを勧めると、芽香は布製のバッグからマイボトルを出して飲み始めた。急ぎのメールを一本送りたいというのでわずかな余白ができた。

今日の着眼点は呑《の》みこめてきた。カマイタチが息づいてきた根拠に執拗にこだわっている。でも前回より防戦できている。ただこの語に執着し続ける真意とは何か。まだ釈然としない思いを鉄朗は抱いていた。迷信と歴史的事実とをどう区分けして考えるべきかも、難解なテーマだった。

芽香は、明治維新後の農村について語り始めた。

「御一新《ごいっしん》によって、全国に鹿鳴館《ろくめいかん》ができるはずはない。西欧化や近代化から農村は取り残されていた。鉄道と学校は新設されても江戸期とさして変わらない地域は多かった」

鉄朗は一つひとつの事項を確認することしかできない。

「鹿鳴館はダンスホールがあって、欧米の文化を伝える最先端の場所だね」

相手の術中にはまってはいけない。まず基礎知識を確認したい。知ったかぶりをして失笑を買うのは最悪。猛烈に攻めこんでくることは明らかだ。

芽香は動じずに回答した。大事なのは鹿鳴館だけではない。宗教、学校、時間、軍隊など社会にとって重要な主題と庶民の出会いは、明治維新以後に全国で進められていった。巨大な転換である。それでも江戸期との連続面はきわめて大きかったという。

芽香は問題意識という言葉をよく使う。その基点から縦横無尽に歴史をみつめている。講座で一緒の藤野さんよりもさらに自由奔放だ。変幻自在のステップを踏むバックス選手。味方もフォローに苦慮するほどである。種本とアドバイザーは存在するに違いない。

イタチというたとえは不正確かもしれない。石垣の隙間に潜んでいるヘビ。とぐろを巻いて、隙あらば襲いかかる頭脳明晰なマムシと見るべきかもしれない。

しばらく話す中で、鉄朗もようやくイメージをつかめてきた。明治維新以降の近代化と中世・近世から連続している伝統との双方を芽香は意識している。

明治維新による社会的変動は、格別に大きかったこと。草深い農村では、自然への畏怖《いふ》と八百万《やおよろず》の神々への信仰によって共同体の秩序はそれまで通りに維持されてきたこと。その両側面をどう理解すべきだろうか。執拗にその一点をみつめている。

　そんな大問題を夏の夕暮れ時に突き付けられても困る。でも逃げれば必ず追ってくる。時には狐《きつね》として、時には天女《てんにょ》として。なぜ日本歴史を貫く難問に即答できるだろうか。いずれまたと言って逃げたいが、何かを答えねばという思いもある。


「カマイタチって、なぜ教科書に出てこないのかな」

　その一言で局面を変えることを試みた。

「迷信だからよ。授業の話題にはできても、真に受けられると困ってしまう」

食べてすぐ寝ると牛になる。この表現は誰もが知っている強みを持つ。作法としては理に適《かな》っている戒めだ。芽香はそう語った上で付け加えた。

「歴史をみつめる時に、善か悪か、光か影か、科学か迷信か。二者択一で物事をみつめ、前者を尊重する。後者は多くの場合に切り捨てられていく」

　芽香は迷信を信じている人を擁護したいのだろうか。

「でも迷信を信じやすい人は、ボッとしている感じの人も多いでしょ」

　不用意な一言だと気づいた時には遅かった。

「何言ってるの。逆よ。カマイタチを信じる人も感受性が鋭いからこそ恐怖に揺さぶられてしまう。奥深い山で神秘体験が語られ続けるのも同じ。敏感な人こそ語り継いできたのだと思う」

　寒風吹きすさぶ闇の奥底で不可解な傷にとまどっている。それが伝承の源である。誰でもひとしなみに体験できることではない。恐怖は内面からにじみ出て増殖する。不安はつのる局面がある。

鉄朗も自覚している。原因不明のケガに対する恐れで人間は追いつめられることも。

「教科書にこだわる必要はない。教科書にすべてを書けるはずもない」

芽香は教科書に依存したくないという。教科書ばかり大事に考える人に反発しているようだ。教科書も教育も万能ではない。それを自覚したいと考えている。

「教科書や歴史書を書くのは優秀な先生や学者たち。その分野で定評あるエリート。でも科学的な歴史観では、カマイタチを信じ続けた人たちとすれ違う」

「迷信を信じ込む人たちをかばう必要はないでしょ」

鉄朗は議論のために防御線を張ろうとした。

「違う。迷信は風土に根ざし、人間の想念にへばりついている。正邪《せいじゃ》を超えた世界だと思う」

キツネ、タヌキ、イタチと身近に生活してきた人たちがいる。日本の戦争を担ったのは農民兵士である。その人たちはカマイタチを信じてきたと芽香は言いたいのだろう。

鉄朗は違和感を持つ。怪談や未確認飛行物体への受けとめも一人ひとり異なっている。現代の高校生も同じだ。迷信への受けとめ方は戦前も同じだったのではないか。

カマイタチを強く信じる人。一方でそれは迷信であると知った上で、地域の伝承として話に興じた人もいただろう。誰もが等しく迷信の虜《とりこ》となり、心から信奉していたとは考えにくい。

「もっと多様性を持つ認識ではないかな」

そう述べた上で、乱暴な言い方をしてはいけないと鉄朗は補足した。非科学をなぜ信じたんですか。頭を冷やしてください。こんな非難は強く反発されるに違いない。

でも多様性という一言は、芽香の炎を燃え上がらせてしまった。

「何にもわかっていないわ。多様性を持った認識など、できるわけないでしょ。農村だけではない。

大都会でも地方都市でも、天皇陛下の御為《おんため》にと一億火の玉となった大日本帝国。一枚岩となって戦争に邁進した。多様性なんて現時点からのたわ言に過ぎない」

また地雷を踏んでしまった。非難の矢面に立たされている。二〇センチ遠ざかった地点から元の位置に座り直していた鉄朗は再度一〇センチ遠ざかることにした。

「問答無用」と斬り捨てられる前に、「話せばわかる」と言い続けなければならない。お互いに冷静にならなければと鉄朗は思い直した。

この場で玉音放送の再現を始められたらどうする。目の前は戦時中も流れ続けていた農業用水。水辺での朗読は精神を高揚させる危うさを含んでいる。

芽香の主張はその通りである。何ら誤りは含まれていない。

日本軍国主義は根深い社会的土壌に支えられていた。社会の強制的同質化が果たされた後に抵抗しても遅い。ファシズムを未然に防ぐ必要がある。その危機感に強く共感すると鉄朗はしどろもどろになりながら述べるのだった。

風は涼やかになってきた。心なしか湿り気を帯びてきたような気がする。

芽香は背中を丸めながら、手のひらをさすっていた。用水でよく見かけるカモのつがいが目の前を泳いでいった。鼻を少し上に突き出すように顔を上げながら、芽香は鉄朗の顔を覗《のぞ》き込むようにした。

「鉄朗に問いかけたい。勝山号に思いを寄せた人たちは、カマイタチを信じた人たちと重なっていた。連続講座ではそれを意識しているのかな」

「何だ。そこで勝山号につなげるのですかぁ。ポン。ポン」

両手を振り回しながら、鉄朗は大声で反応してしまった。その問いに即答できるはずはなく、思わず天を仰いでしまった。

鉄朗がこの間読んだ本で、イタチと馬に関する記述には出会っていない。オオカミと馬ならば密接な関係を持っていた。ニホンオオカミ健在の時代に、農耕馬をオオカミから守ることは死活問題だった。その対策として鳴り輪という鈴を馬につけさせた。

一方で家畜と人間も愛着だけの間柄ではない。馬も牛も山羊も人間との間に緊張感を持っていた。多くのことわざや伝承はそれを雄弁に物語っていた。

勝山号とカマイタチをつなげるという着眼。妄想として片付けられない芽香の構想力に脱帽した。それを言いたくて今日訪ねてきたのか。ついにゴール前に迫ってきたことを感じる。

「連続講座でも歴史像を必死で模索しているらしい」

しばしの沈黙の後、鉄朗はその一言を伝えた。先日の講座終了時に宮崎先生と話せた。小学校では平和教育としても学びやすい主題である。戦争で多くのお馬さんと人間が死んでしまいました。世界の平和こそが大切なのです。

大人相手の昭和史講座では、レジュメや構成に工夫がないと後足で蹴飛ばされてしまう。平和が一番というのはその通り。でも平凡な真理に到達するためにも、新鮮な視点で模索することは欠かせない。先生はそう語っていた。

芽香の前では、模索しているとの一言でまとめるべきだ。具体的な説明をすれば、その行間に立ち入って攪乱《かくらん》を試みてくる。

攻撃は最大の防御である。鉄朗は言い忘れていた疑問を示した。

「話は戻るけれどいいかな。カマイタチという語が病院で使われてきた経緯を質問したい」

「もちろんどうぞ」

「ミステリアスという語は気になる。近代医学を実現せんとする病院の側に立てば、ミステリアスだと納得できる。でも明治期以前との連続性を持つ農村の存在は重要だよね。その農村の側、逆サイドから見ればミステリアスではなくナチュラルではないかな」

「鋭いじゃない。その通り。その両面をみつめていくことは大事だと思う」

「でも今日話してくれたことは、両者が五分五分ではなく、近代化を驀進《ばくしん》してきたのが日本社会の歴史という前提に立っている」

「そうよ。そう整理してくれれば改めて納得できるわ。明治一五〇年の重みね」

「前回から豹変してしまっている。芽香自身がカマイタチを信じる立場から近代化を信奉する側にシフトしてきている。なぜなのだろう」

「意地悪な人ね。エビデンスを執拗に問うなんて、粋《いき》でないわよ。その時に読んだ本の影響を受ける。我思うゆえに我あり。それでいいじゃないの」

高度経済成長は何百年分の近代化を一挙に進めた。未曾有の地殻変動だと述べるのだった。

「エビデンスなんてないわ。思いつきよ。豊かな国の私たちは考える大人になりませんかぁ」

いたずらっぽく笑って、ウインクしながら鼻の穴をふくらませてみせた。

超ロングキックで敵ゴール前に攻めこんだことを鉄朗は実感した。もう理詰めの質問を終えるべきかもしれない。二時間近くも経過していた。芽香との最長時間である。歴史について語りあっただけだから、誰に目撃されても構わなかった。

学校の授業よりも密度の濃い時間。思いつきの意見でも屈託なく話していけば、討論の密度は高まっていく。会話のハードルも次第に低く見えていく。

芽香は夏休みにおじいさんと何度も話したらしい。青森県のその家には、軍馬になれなかった農耕馬が一頭いたという。それを夏休みに初めて知らされたのだった。

「軍馬も農民も戦争に行くまでの歳月があった」

芽香の口調は穏やかになった。祖父は九〇代なのでさすがに腰も曲がっているらしい。その祖父の戦争体験を聞かないようにと母に命じられたという。鉄朗はぼんやりとその一言を聞いていた。

この夏休みに、芽香は祖父が使ってきた農具を見た。鍬《くわ》や脱穀機や箕《み》について関心を持てたという。祖父の人生で戦争体験はほんの限られた時期のこと。祖先を敬い、自然への感謝とともに農業に向きあってきた歳月こそ祖父の人生であったことを芽香は語った。

「戦争体験は大事。でも聞くべきことは他にも多くあるのだと思う」

芽香は神妙な顔をしてみせた。

夕暮れ時が近づいてきた。半径六五センチの中での攻防は終わりを告げる。

「ありがとう。高校生活で一番楽しかった時間」

似つかわしくない言葉に鉄朗は驚いた。返事を制するように、足早に立ち去っていった。

(ヘビに喩《たと》えてごめん。キタキツネのように素敵だった)

ペットボトルを携えて、鉄朗は帰宅することにした。遠くでカラスが鳴いていた。

縮小率

九月三日。始業式の後でラグビー部副将の太田が菅平合宿のお土産のお菓子を手渡してくれた。二年の部員の総意だという。鉄朗は驚いた。何かお返しをしなければならない。夏休みの終わりに読んだ日本医学史の難解な一冊を勧めるわけにはいかない。一段と日焼けした太田の顔を見ながら、鉄朗は思案していた。

九月八日、休み明けの昭和史講座。志乃先生はマスク姿だった。

今日のテーマは「兵士になること」。兵士たちと戦争の実像をみつめる第一弾である。前回の宿題となっていたアンケートをまず提出した。日本軍兵士に関わる以下の問いへの回答である。

①かつて皇軍《こうぐん》と呼ばれた旧日本軍の兵士を描いた小説・映画・演劇・テレビなどで記憶に残っている作品はあるか。
②身近に従軍経験を持つ方はいるか。その方を含めて元兵士の戦場体験を聞いた経験はあるか。
③日本の軍隊の特徴として、どんなことをイメージしているか。
④庶民にとって兵士になることにどんな夢や希望があったのか。
⑤その他、このテーマについて考えていることがあれば。

のど飴をなめていた志乃先生が話し始めると、思いのほかスムーズな発声だった。

「昭和期の戦争については、明治の徴兵令から見ていく必要があります」

一八七三（明治六）年に徴兵令発布。一八八九年の改正で国民皆兵の原則が確立した。東アジアの動向を踏まえて富国強兵の過程について報告が進められていく。

明治期から敗戦までに多くの戦争があった。日清戦争、北清事変、日露戦争、満州事変、日中戦争の全面化を経てアジア・太平洋戦争へとつながっていく。日本が参戦していない第一次世界大戦も巨大な意味を持っていた。戦争が続いた半世紀余について何を学んでいけるだろうか。

その場で数十枚のアンケートを一気に紹介する手腕はさすがだった。

①では野間宏《のまひろし》『真空地帯』などの戦争文学、映画『人間の條件』などの著名な映画を記した回答が多い。元兵士の証言を聞いた経験を持つ人は多数である。

②に関連して父親が戦死しているという受講者が三人出席していると紹介された。③については多様な意見があるので、⑤も含めて紹介するといって、一分ほど沈黙した。手際よく目を通すと再び紹介を始めた。戦場体験を持つ人はこの場には誰もいない。しかし親や親族の戦争体験を通じてこのテーマを考えてきた人たちが目立つという。

日本軍の特徴としてアンケートに記されたキーワードを先生は紹介していく。軍隊の残虐性。天皇の為の軍隊。上官の命令には絶対服従。私的制裁の横行。餓死・病死による死者の多さ。補給や兵站《へいたん》を軽視した無謀な戦争という指摘がある。一方で日本軍の残虐さだけを今も悪しざまに責めるのは疑問だ。戦争中は多くの悲劇があったが、末端の兵士たちが贖罪《しょくざい》意識を持ち続ける必要は全くないとの意見も記されていた。

五〇代以下の世代からは、知識もなく先入観も強くない。ただ学者やメディアの意見にすぐ同調しないように心がけている。国のために殉じた人たちに悪罵を投げつけるのは許せないという友人の意見に、どう対応べきかを考えているという感想もあった。

戦後七三年間の戦争認識の推移について、解説は深められていった。戦争体験について庶民が語り始めたのは戦後かなり経ってからだという。そこで話題はにわかに急展開してしまった。

「人生一〇〇年時代というコピーを最近目にする。とても気になります」

先生によると、昭和二〇年の男性平均寿命は二四歳未満との統計が存在する。現在とは信じられない落差に仰天するという。今後も平均寿命は一〇〇歳にはならないとはいえ、人びとの関心は高齢社会に集中している。戦争の時代への関心を強める人は少数であるとの指摘だった。

一〇〇歳を超えた元兵士もご健在なら、戦後社会の激変を体験してきた世代も多くの皆さんはお元気。戦前も戦後初期も知らない自分には、とても歯が立たないと述べるのだった。

脱線の後に、日本軍の特質についての報告が続行された。私的制裁、リンチ、軍隊内の抑圧という言葉で日本軍をイメージする人はなぜ多いのだろうかと先生は問題提起した。

「暴力で支配されない、よりスマートな軍隊になる可能性はなかったのかしら」

それを珍しく宮崎先生に問いかけると、すぐに回答は返ってきた。

「徴兵制で年齢も適性も異なる男性が召集された。カーキ色の軍装に身を固めて上官の命令に忠誠を誓う一枚岩の集団。軍にとって暴力で支配できる規律ある集団にするのは当然だった」

志乃先生は再び説明を続ける。

「当時は農村社会。農村出身のひたむきな兵士は軍隊の多数を占めていた。九州出身の兵士は勇猛果敢とか、東北出身こそ最も忍耐強いとか、地域ごとの兵士の特性は存在していたらしい」

軍隊を誰が担っているかはとても大事。最近は経済的徴兵制という語もある。経済的な苦境で軍隊に活路を見出す若者。米軍でもその兵士が戦争の最前線に立っていると先生は述べた。

「でもたとえエリートの若者であっても、兵士になるためにすさまじい訓練が必要なの」

その一例として、戦前屈指のエリート校である海軍兵学校での猛訓練と鉄拳制裁の嵐について紹介した。まだ戦場に出ていない、広島県の江田島での話である。

「さて一人の兵士はごく限られた局面についてしか知りえない。それがポイントでした」

従軍体験は戦地と部隊、階級と任務によって多様である。戦況の意味も大きい。広大な戦地での長期間の戦争を、一人で鳥瞰できる者はいない。上官の命令に忠実に動くことのみが兵士に求められていた。入営からの歳月も各人でまるで違う。一括りに論じにくい対象である。
④については、設問への批判の声を紹介した。兵士になることの希望を探り当てるのは止めてほしい。明治期から軍人は礼賛され、国のために死ぬことばかり美化されてきた。その点を批判することこそ歴史教育の目的ではないか。
「きびしい批判をありがとう」と述べた上で志乃先生はつけ加えた。

戦前の若者たちは徴兵を拒むことは困難だった。立派な軍人として死ねと若者を扇動した社会の誤りは大きい。ただ皇国史観や教化政策の影響も受けてきた若者たちの軌跡を具体的に検証しなければ、庶民の戦争体験を深く解明することはできない。

「たとえば大学生の社会的位置は現在とはかなり異なっている時代でした」

当時の大学生はエリートとして現在よりもはるかに稀少価値だった。一九二五年から旧制中学以上の教育機関で本格的な軍事教練が行われた。ではすべての学生は戦争へと猪突猛進したかというと、そうではなかった。軍事教練を受けた若者たちの軌跡。各人の夢や希望、悲しみと諦念《ていねん》も意識してみたい。

「当時の大学生は、現在とは比較にならないほど読書に没頭していた。勤労青年や市井《しせい》の人びとの読書意欲も高く、戦争中は文化・教養を求める熱気にあふれていた時代なの」

（えっ、戦争中なのに……）

鉄朗には驚きだった。戦争中は空襲や勤労動員があった。学生は講義も受けられず、戦争に振り回されていたという話を以前に祖父から聞いたような気がする。

その疑問に応えるように先生の話は続いた。

「戦争末期は勉強も読書も不自由ですよ。でも一九三〇年代はかなり様相も違っていた」

哲学・思想・文学・芸術との対話を通じて、海外文化への憧れを持つ若者は多かった。もちろん禁圧された学問や思想への弾圧は過酷だったが、世の中全体で書物との真摯な対話は重視されていた。背嚢《はいのう》の中に書物を忍ばせた出征兵士。書物や映画への懐旧の念を戦場で抱く者も少なくなかった。この種のエピソードは多くの戦争体験談で描かれている。

「でも学徒兵は全体の一部。農民兵士の存在を抜きにして、日本の軍隊は語れません」

兵士を送り出す家族にも注目したいと先生は述べた。一家の働き手の出征は大打撃でも、軍人への給与は保証されていた。出征兵士は郷土の誉れである。お国のための献身として自らを律していた兵士と家族も多い。天皇の軍隊では懸命な努力によって昇進できる。人生の大舞台としてその意欲は掻きたてられた。学徒兵への敵愾心《てきがいしん》をむき出しにする農民兵士も多かった。

「許し難い差別もあり、意外な実力主義も存在していた」

恥ずべき事実は存在していた。「天皇の赤子《せきし》」なる平等主義の建前とは別に、軍隊内で被差別部落出身の兵士は猛烈な差別や迫害を受けていた。

その一方で、別の顔も軍隊は持っていた。元ラグビー選手の学徒兵は、傑出した体力で上官たちからいち早く絶賛された。圧倒的な実力を見せつけることで、学徒兵への白眼視などを吹き飛ばそうとしたのだろう。軍隊はその意味で生き物でもあったという。

「若者たちは人生の途上で兵士になり、兵士として人生を閉じるという宿命だった。軍隊は天皇の軍隊。上官への服従は当然。一人ひとりの兵士を尊重する組織ではない」

軍隊とは巨大な抑圧と矛盾を抱えている。理不尽な思いを経験した元兵士が多いことは当然であると先生は述べるのだった。一回で語れる主題ではない。この続きは「戦場における兵士」の回でもう一度挑戦したい。残された時間で自由討論をしようと先生は語った。

「吉沢君、徴兵を拒んだ人を小学生の時に知った経緯について紹介してください」

鉄朗の発言が求められた。詩人たちを描いた一冊で、金子光晴に驚かされた。徴兵検査で息子を不合格にしようと醤油を飲ませた。その時の驚きをアンケートに記していたのだ。

「何に一番驚いたのかしら」と志乃先生は不思議そうに尋ねた。

「戦争よりも、お醤油が怖ろしかった。たくさん醤油を飲むと心臓はおかしくなる。怖くなって納豆やおひたしには醤油を使わなくなりました。お刺身には使いますけど」

何人もが微笑んでいる中で、先生はさらに問いかけてきた。

「もし今から戦地に送られようとする時には、醤油を飲むかしら」

「大丈夫です。醤油以外にも徴兵検査を逃れる方法がある。徴兵忌避《きひ》についてくわしく書かれている本を読みました。それに今の日本では徴兵制はありえません。僕は断れます」

高齢の女性受講者は、絶対に断れないのが徴兵制だと反論してきたが鉄朗は黙っていた。

（そんなことありませんよ。多くの人たちが逃れたことを知らないのですか……）


話題は徴兵制と現代に転じていった。

「戦争も徴兵制も孫たちに体験させたくない。でも韓国にヨン様のような素敵な俳優が多いことは徴兵制の存在と関係あるのでしょうか……」

この発言に対して笑いと反発が起きた。軽口をたしなめる人もいた。

「今さらヨン様って古くないかしら。ニューウェーブに注目してほしい」

「朝鮮半島の南北分断を意識したい。韓国の若者が身体を張っている中で、日本に平和が続いてきたことを罪深く思う」

「なぜ平和を罪深く思う必要などあるのか。平和憲法で徴兵制がないことを誇りに思う」

「朝鮮半島と日本を視野に入れてアメリカは国際情勢を見ている。韓国の苦難の歴史はすさまじい。ヨン様ではなく、一九四八（昭和二三）年の四・三事件こそ意識したい」

「日本のタレントはなぜ異様に太っているのか。理想を投げ捨てている社会に問題がある」

「肥満は個人のせいではない。背景にあるのは過労とストレス。視聴率至上主義の犠牲者」

「肥満や猛暑まで社会の責任にする。現政権を目の敵《かたき》にする。冷静さをとりもどしてほしい」

鉄朗はぼんやりと聞いていた。現政権論が続く中で物思いにふけってしまった。

背が低いぐらいの理由では、徴兵を逃れられなかったことを知っている。一五二センチ以上あれば甲種合格だった。身体の異状について医師の診断がなければ徴兵を拒めなかったのだ。最近、市立図書館で司書の人から、菊池邦作《きくちくにさく》『徴兵忌避の研究』を紹介された。醤油だけではない。逃亡、戸籍の抹消、犯罪、減量などで徴兵を逃れた人たちもいる。明治期からその試みは数多く続けられていた。敢えて兵士になることを拒み続けた人たちはいたのだ。

鉄朗も戦場には行きたくない。銃剣を抱えての突進。空腹の中での行軍。いずれも望まない。激突はラグビーでこりごりだ。敵兵を銃剣で突き刺せば噴水のように血は噴き出す。血の海に沈んでいくのは自分かもしれない。では説得されたらどうするのか。君はいつまで昔の戦争について語っているのか。現代の戦争はもっとスマートだ。軍隊はラグビーと同じく多様性を尊重する。君の適性を活かす道もある。そう説得された時に拒めるだろうか。

戦死と復員との間の巨大な隔たりを鉄朗は意識するようになっていた。

昭和二〇年の平均寿命ははたして正しいのだろうか。もし正しければ、高校二年生の男子は七、八年しか余命がない。父は当時の平均寿命の倍をとっくに超している。男性の平均寿命は現在の三分の一以下で、馬の寿命とほぼ同じ。軍馬の場合は、現在の馬の寿命の五分の一以下。

現代の平均寿命の縮小率とみなせば、事態の深刻さは明らかだった。すさまじい縮み方だ。

人生と確率。松虫号への関心は、おぼろげながらその一点から始まった。縮小率という視点で戦争体験をみつめれば、かなりむごい話になる。戦没者の遺族の前で使える言葉ではない。

——気がつくと次回の説明は終わって、受講者は帰り支度を始めていた。

馬と歩んだ人びと

九月一五日。この日の講座は宮崎先生による「馬と歩んだ人びと」。レジュメには馬と人間の昭和史が詳細に紹介されている。その冒頭には◯×式のクイズが三問記されていた。

①江戸時代の農業は、馬を最大限利用したのが最大の特徴

②馬車は日本各地で広く定着してきた

③昭和期、馬と歩んだ人びとは農民である

①と②はヨーロッパと比較するとわかりやすいという。どれも諸説の存在を認めたいという。鉄朗は◯×◯という答えをした。正答について先生は話し始めた。

①は◯ではない。もちろん馬も牛もすでに活用されている。牛は西日本に多く、東日本では歴史的に馬が優位性を持つ。ただ江戸時代の農業の最大の特質は家畜の活用ではない。人海戦術で労働集約的な農業が志向されていたことだと考えている。

②は迷うが社会全体については、やはり×だろう。ヨーロッパと比較すれば普及もきわめて遅れ日本社会には根づかなかった。地形が急であり、道幅の狭さなど道路事情も関係している。近世以降は駕籠《かご》、近代には人力車も登場する。馬は神様と関わり、貴族や武士との関わりが深い。大昔は庶民が誰でも飼える動物ではなかった。

③は×。競馬は馬事文化の重要な位置を占める。皇室も馬事文化の担い手として見逃せない。戦前は陸軍騎兵隊も存在した。農民だけが関わったわけではない。

では農村では農民が関わったか。これも×。馬の業界団体の人、技師、家畜商、獣医、蹄鉄をつくる鍛冶屋など農村に多くの関係者がいて、軍人と警察も農村の馬事行政に関わった。

「〇×クイズになりにくいですね。正解をどう説明できるかは厄介でもあり、楽しみでもある」

宮崎先生は顔をほころばせながら語った。日本の馬を学ぶ上で、馬事文化財団が刊行している「馬の文化叢書《そうしょ》」全一〇巻は必携書。その上ではるかに無名だが魅力ある二冊を紹介したい。無名の良書との出会いは、読書の喜びだと先生は目を輝かせた。

山岸豊吉《やまぎしとよきち》『百姓馬吉』は、信州伊那谷で馬と生きた少年を描いた小説。主人公は馬のために毎朝鎌でかやを刈る。三〇羽の兎と一〇〇羽近い鶏に餌をやって、山羊の乳を搾るという仕事を朝食前に果たしていた。自宅に木曽馬はいるが、自分の馬を持ちたいと熱望する。その夢は小学五年生で実現した。競り一番の高価な人気馬が愛馬となったのである。

その馬を仕込む苦労が圧巻である。馬に丸太ん棒を引かせるずり引きで、馬は汗まみれだった。単なる動物愛護ではなく、人馬が一体となる醍醐味《だいごみ》を描いた名作。昭和の農村を再現している点でも本書の価値は大きい。著者は映画プロデューサーとしても農村に関わってきた一人。

もう一冊のお奨め本は、原文子《はらふみこ》『木曽馬のきた道　原義亮の足跡から辿る』。原義亮《はらよしすけ》氏は獣医師、木曽馬匹組合長、長野県種馬登録協会長などを務めた馬の専門家。父の軌跡を娘が編纂・執筆した。近代日本の馬政計画と一つの地域との緊張関係をたどる稀有な一冊である。

西洋馬の導入による馬の大型化は、この地域では迷惑千万で馬市での値も下がってしまった。昔と同じ小型馬を望む人が多数だったのである。木曽馬を滅ぼそうとする陸軍や馬政局などの姿勢に対して、当事者の苦悩は深まり、静かな抵抗も模索されていた。だが敗戦直後にはついに牡馬が姿を消すという断崖絶壁に追い込まれた。たまたま県内の神社に神馬として奉納された一頭によって、辛うじて繁殖に成功することで絶滅を避けられた。その秘話も含めて、戦前から戦後に木曽馬に関わった当事者の証言として、きわめて意義深い一冊である。

宮崎先生の話は止まらない。前のめりになって鞭《むち》を振るって疾走している。手綱《たづな》を引き締めないと、地平線まで走っていきそうだ。

馬に関わる仕事はきわめて多様だったことを先生は強調した。農民だけではない。技師、博労（家畜商）、獣医、蹄鉄をつくる鍛冶屋、飼料や肥料の業者。馬の業界団体、屠場関係者、軍人、警察など馬事行政に関わった人など多彩である。競馬や陸軍騎兵隊なども独自の世界を持っていた。軍馬の育成は、最も重要な主題だったことを概観した。

戦前の馬については、当時刊行されていた雑誌『馬の世界』で多くのことがわかるという。

「未知の世界に出会えるほど愉しいことはない」

次回にくわしくと言いながら、多様な仕事について一五分も説明してくれた。蹄鉄を作る人たち、獣医の仕事も鉄朗は初めて耳にする話題だった。軍や政府の指導の下に、馬に関わる一つの業界が存在していた。人びとの馬への愛情もその世界を支えていたことがうかがわれた。

「さて皆様、一九三二（昭和七）年ロサンゼルスオリンピックの馬術競技で西竹一《にしたけいち》大佐は金メダルを取ったんです。大昔の話でごめんなさいね。さて西大佐と同じように飛躍しますよ……。

何も語らない馬。軍用動物として死んだ馬に向きあえば昭和史像はいかに変化しますか」
珍しく軽妙な口調になった先生だが、障害を飛び越しての着地点はいつもと変わらなかった。なぜ戦争を止められなかったのか。軍国主義とファシズムに抗えなかったのか。その問いは昭和史の重要なポイント。戦争を推進した軍部や政治家や財閥。一九四五年二月時点でも戦争継続を選択した昭和天皇。これらの存在と軌跡を解明することは最重要課題である。

その対極に位置する人。戦争に批判的で敢えて抵抗した人びとの苦闘も意識しておきたい。さらに重要なのは権力者でもなく抵抗者でもなかった庶民の存在。米と繭を要としていた農村で、馬とともに生きていた人びとこそ重要である。人びとの生活と労働をたどりながら、庶民にとっての戦争をみつめたい。

馬は農村と戦場を結びつける象徴的な存在。あの時代を考察する上で普遍的な意味を持っている。このテーマは郷土にも深く関わっている。国家と民衆の対抗関係だけで地域の人びとを位置づけることはできない。郷土には格別の重さがあった。村落レベルでの動きを調べずに、昭和史は論じられないのだと密度の濃い報告を締めくくった。

「『百姓馬吉』という小説が名作であるなら、映画になりませんか」

質疑応答の冒頭で、藤野さんは意表を衝く質問をした。宮崎先生は質問をほめた上で答えた。

「いいなあ。私は豪華キャストで見てみたい。でも制作は大変だ。著者は映画『あゝ野麦峠』のスタッフの一員だった。活字でこそ表現できる一冊を晩年に執筆したと推測しています」

その映画は高齢世代には有名だったらしい。何人もが映画と原作になじみがあるようだった。雰囲気がほぐれてきた中で、鉄朗も気がかりな点を尋ねてみた。

「馬政計画を身近に感じます。背が低くてコンプレックスがあるので、馬体を大きくしたいのはわかります。でも当事者は将来ではなく、その時点で大きくならないと困る。それはともかく、馬政計画は全体として成功しましたか」

「それはともかく」の所で、志乃先生は笑い出してしまった。宮崎先生は冷静に回答した。

「馬体の小ささは深刻でした。調教も立ち遅れていた。何よりも去勢されていない牡馬《おすうま》は戦場でも牝馬《めすうま》の前で興奮して暴れ出す。その改善も馬政計画の要でした」

「興奮して暴れ出す」という一節で、守下先生は微笑を浮かべていた。宮崎先生は話を続けた。

評価はむずかしい。軍馬の犠牲だけでなく、馬政計画の光と影を見ていきたい。在来馬の絶滅は加速化し、杓子定規な対応による弊害も多かった。ただ洋種馬の導入を拒否する道はなかったはずである。

大事なポイントを一つ。大量の軍馬の死によって馬が激減したわけではない。戦後の農村での効率的な農業経営によって馬は急減したのである。

常連の末吉さんは報告を評価した上で疑問を述べた。

「結局、馬に関わった庶民に戦争責任はない。馬の激減は戦争と無縁というならば、戦争の時代をみつめ直す意義はどこにあるのですか」

宮崎先生は冷静に答えた。非戦への思いに共感する。為政者の戦争責任を問い続けるのは当然。ただ民衆の戦争責任を解明するのは至難である。一九四五年秋に軍馬の創出を担ってきた農林省の組織は解体された。ただ軍馬と関わってきた庶民を誰も指弾できるはずはなかったと補足した。

質問した末吉さんは納得しなかった。

「民衆自身に戦争を許した責任はあります。もし庶民がもっと賢くて、時代と社会をみつめていれば戦争を阻止できた。アジア民衆を虐殺しなかった。その問いを立てないのですか」

「その問いはもっともです。ただ民衆の生活と労働を踏まえた上で、民衆一人ひとりを詰問できるのか。庶民に戦争責任があったと断ずるのは、理にかなっているのでしょうか」

先生も譲らなかった。法的責任のない庶民も何十年もわだかまりを持ち続ける。海外からの補償要求にも当惑する。戦争と植民地支配への批判と葛藤は今後も続いていく。この講座は今後もその主題から逃げないと語った。

「その上で、市民の戦争犠牲者への補償もなされていない現状を末吉さんはどう考えますか」

宮崎先生は問いかけた。戦争犠牲者について、軍人・軍属以外については何の補償もなされていない点は大問題である。そもそも全国の空襲で甚大なる犠牲者が出たことは、防空法の改正で空襲に際して避難を禁じて消火を優先させるという誤った国策が存在していた。戦時中のある時期からは戦時災害保護法という援護制度で被害者への救済は行われていたが、それも打ちきられて同法廃止の後は犠牲者・被災者への補償は切り捨てられてきた。ほとんど唯一の地上戦で地獄の苦しみを受けてきた沖縄戦の遺族も苛酷な境遇におかれてきた。原爆被爆者に対しては医療保障などごく限られた政策は実現されたが、それも被爆者の願った国家補償とは著しく隔たっている。総じて市民の戦争被害者・犠牲者に対する補償は放置されてきたのだと述べた。末吉さんも強くうなずいていた。

鉄朗には初耳の内容である。白熱する議論の中でおだやかな口調の宮崎先生は、明快な答えをしていた。さらに異なる角度からの質問が寄せられた。

「馬の激減は効率優先の戦後の農家経営に原因があるようですが、馬を大切にしていた戦前の農家は非効率な農家経営をしていたのでしょうか」

初参加の若い男性だった。これも難問だと先生は一瞬眼を閉じてから回答した。

勤勉と倹約は日本社会では常に重要な徳目だった。戦前も非効率ではない。ただ戦後は農業機械や農薬などの多額の出費があるので、大胆に効率改善の努力をすることが急務になった。

馬が古代から尊重されてきたのは、高貴な動物という側面もある。農耕馬としての飼育の広がりは実用性と同時に、家族のような存在でもあったから。馬糞を基にした厩肥《きゅうひ》も自然の循環にとって理にかなっていた。

だが戦後二〇年も経てば、耕耘機の普及も加速度的に進み、馬耕に頼る必要はない。それ以前から馬よりも牛という風潮が強まっていたが、牛も減少していく。石油文明への転換を果たした人類史の激変において、石油文明に依拠した農業が推進され、農村でも自動車とトラクターは何よりの頼みとなった。効率重視、機械への依拠は一体となって進んだのだった。

別の受講者は関連する質問をした。

「馬が消えた現在も、農村ではきめ細やかな農業を模索しています。効率主義かエコロジーかの二者択一ではない。農業と農村をていねいにみつめてほしいです」

元教科書会社勤務という五〇代の男性だった。農業・農村は昭和史の一部ではない。戦争も重要であるが、戦後も注目すべきである。地主制の解体で農業と農村は変わり、将来への希望は存在していた。戦後の大規模な開拓では苛酷な自然と闘い、不毛の地を改造してきた。馬の行方と同時にそれも意識してほしい。その上で農村はいかに変容したかが問われていると語った。

鋭く的確な指摘だと先生が応じると、男性はあわてだした。

「偉そうに申し訳ありません。数年前まで鍬も握ったことのない一人です」

早期退職後に妻の実家の山形で一年の大半を暮らしている。新参者の農業論は失笑を浴びるだけ。寡黙に畑仕事をしている。都会に来たのでつい調子に乗ってしまったと赤面した。

司会の大学生は初参加の女性を指名した。恥じらいながらの発言では、新鮮な内容で勉強になったこと。昭和史を学ぶ意義を中学生の娘に伝えられるかどうかはわからないと答えた。宮崎先生はそれに応じた。

「私も中学生の娘を持つ親。それはすぐに答えを出さなくても大丈夫でしょう」

（ここで高齢者が発言する……）

鉄朗の予感はただちに的中した。七〇代と思われる女性は語り始める。

「いや、昭和史を学ぶ意味を鮮明にしてお嬢さんにも伝えたいという趣旨でしょう。現在はひどい時代だからですよ」

延々と自説を展開した。司会者は「はい、そのあたりで」と声をかけた。次に憲法改正を進める現政権への疑問が男性から語られ、政権とメディアと癒着についての疑問も出された。

鉄朗は家畜商や獣医の仕事について質問したかった。急転直下で政治に傾斜している。

「生の政治論議ではなく、今日の内容を討論しましょうよ。政権論を展開されても困る」

受講者の一人はみかねたように発言すると、それに対して反発する人もいた。

守下先生はにわかに立ち上がった。

「下手に介入すると馬脚を現しますが、近代日本の馬政計画は農民たちからは罵声を浴びなかった。でも反発も消えなかった。これが結論でしょうか。日頃、学校と家庭で私が話すと馬耳東風で聞き流される。大食いで図体がでかいだけと馬鹿にされている馬丁《ばてい》です。でも今日の報告と討論は見事だった。万馬券が出たような心持ちでした」

守下先生の苦心の一言だった。藤野さんは忖度の微笑みを浮かべ、志乃先生も手を叩いて「最高」とほめちぎった。思わぬ反応に対して、本人も笑みを浮かべた。

終了時間は過ぎていた。志乃先生は最後に締めくくった。

宮崎さんの努力の賜物で新鮮な話が多かった。このテーマを学べる昭和史講座は全国でも数少ないはず。最終盤にもう一回このテーマをやります。森田敏彦氏や大瀧真俊氏らの研究から学ぶ報告ともつながります。

その一方で、昭和史を学ぶ意義や現在の社会と政治について誰もが問題関心を深めている。次回一度だけその議論をします。政治的アピールではなく、現代史の中で政治の現状を客観視するアプローチで行きませんか。この提案に反対する受講者はいなかった。

家に帰る途中のコンビニで、鉄朗はコーヒーを飲んでいた。講座に参加し始めてからの習慣である。後でレジュメを読むと、もう内容がわからなくなるのだ。宮崎先生の意気込みで今日は終盤まで興味尽きない内容だった。最後は危うかった。次回は生の政治論議になるかもしれない。初めて欠席しようかと思った。

祖父母の年代の人たちが元気溌剌《はつらつ》としていることに驚かされる。講座によって元気になるのか。元気だから聴講しているのか。

質疑での二分間の制限時間を厳守してほしい。何度もそれを強調した理由はよくわかる。延々と発言を続ける人は多かった。志乃先生も苦笑していた。

時間を超過する人には二つのタイプがいる。一つは思い出を語る人。驚くべき緻密な記憶力で真珠湾攻撃、玉音放送などを詳細に再現してしまう。周囲の涙を誘う発言もあった。

もう一つのタイプは、社会と政治への関心が強い人。歴史の細部に入り込みすぎずに現在をみつめようという主張。現政権批判の人もいれば、それに対抗する人も少なくない。

政治への関心を強く持つ人は受講者の中で数多い。吉沢家とは異なる雰囲気だ。母は何事も野次馬気分で気楽に見ている。父は経済と芸能とスポーツ以外を話題にしない。

藤野さんと鉄朗以外は二〇世紀生まれの人たち。常連参加者の多くは六〇歳以上で大半が七〇代後半以上らしい。親の戦争体験を子細に語れる人たちである。

発言時間を超過するお年寄りへの好奇心と反発。自由闊達な高齢世代の前で一六歳は旗色が悪すぎる。自分なりの手がかりを見つけたかった。毎回咀嚼《そしゃく》できないことも多い。相撲を見始めたばかりで、双葉山時代を知る人たちと昭和相撲談義をしているのに等しいのだ。

何かできることはあるだろうか。軍馬一般については縁遠い。講座への出会いをつくってくれた松虫号を調べてみよう。松虫草は九月には咲いているらしい。この花をまず見てみたいと思った。次回の講座の日に木曽に行くことを鉄朗は本気で考えていた。

木曽路

　九月二一日、正午過ぎに終点の木曽福島駅で鉄朗は高速バスを下車した。緊張していたので、新宿から四時間以上の車内では居眠りもしなかった。日帰りの一人旅は何度か経験しているが、一泊旅行は初めてだった。

　二週間前に、志乃先生から声をかけられたことは最初のきっかけになった。

「松虫号についていつか短時間話してみない」

「松虫号が飼われていた村に一度行ってみようと思っています」

　二カ月前には速攻で断っていたのに、心境は変化していた。開田村を知らずについ調子に乗って答えてしまった。

　調べてみると開田村は市町村合併で木曽町になっていた。東京駅から名古屋経由、新宿駅から塩尻経由のルートがある。新宿からの高速バスは割安だった。木曽福島まで片道四時間ほどかかった上で、旧開田村へは駅前からバスでさらに長時間かかる。日帰りではきびしそうだ。開田高原は長野県の端っこで岐阜県の高山もそう遠くないらしい。両親も木曽は知らないという。

　芽香が何の変哲もないメールを送ってきた際に尋ねてみた。去年夏休みの旅行で木曽福島も通ったという返事に驚かされた。木曽福島には、福島関所跡などの史跡がある。奈良井、馬籠《まごめ》、妻籠《つまご》なども同じく中山道の宿場町らしい。

「鉄朗が行くの。いつ行くの」と尋ねてきた。母親が行くらしいと言葉を濁した。一人旅はわびしいなどと言って、面白半分に同行したいと言い出したら困る。最近評判の映画へとあわてて話題を切り替えた。

日曜日には用事があった。ただ金曜日は創立記念日で学校は休み。翌日の講座を休めば一拍二日の旅に好都合なので、今回の日程を決めたのだった。

終点の木曽福島駅前では多くの外国人を見かけた。福島関所跡までは駅から十数分かかるという。一つ手前の停留所で降りれば関所跡の真ん前だったが、とりあえず終点まで行ってみた。観光地の駅前らしいたたずまい。駅の開業年は一九一〇（明治四三）年、福島関所は中山道の開かれた一六〇二年の直後に設けられている。関所は駅よりもはるかに先輩のようだ。

中山道六九次のほぼ真ん中にある宿場町、日本橋からの距離と京都への距離がほぼ等しい地点であるというデータを車内で確認していた。福島関所跡へと鉄朗は急いだ。

宿場町は全国に数多くあれど、関所は稀少である。鉄朗は箱根しか訪れていない。江戸幕府の設けた日本四大関所の一つが木曽福島で「入鉄砲」「出女」の監視は重視されたという。江戸へ入る武器を取り締まり、人質として江戸に置かれていた各藩大名の妻女の出国には眼を光らせていた。関所資料館の展示では、関所を通行する者への許可は短時間では出されなかった。女たちの手続きはとりわけ長時間を要したという。

小高い山にある関所は疑いの眼で人間に接する緊張感あふれる要衝《ようしょう》だったのか。刺又《さすまた》などの武器も威嚇のために備えられていた。長い柄で首を押さえつけられれば、抵抗できまい。

別棟のギャラリーで木曽の写真を展示していた。木曽馬のリーフレットが置き忘れられていたので鉄朗は思わず一読してみた。木曽では六世紀に牧場で馬の飼育は始まっていたという。七一三年に木曽路は完成した。この地方で馬の飼育が広まっていく背景である。それ以来一三〇〇年以上も経っているという記述に眼を奪われた。

一一八〇年に木曽義仲が挙兵した時点で、木曽馬の優秀さは広く知られていた。各地の武将は木曽の名馬を求めた。木曽馬は武士の象徴であり、交通運輸の担い手だったという。

鉄朗は心の高ぶりを感じた。連続講座でも人間と馬の歴史は古代から連綿と続いていることを聞いてきた。古代・中世から戦のために馬は利用されてきた。だが昭和の戦争を学ぶ講座では、江戸期以前は参考程度に語られるにすぎない。

歴史にどれほど疎いのかをまだ自覚できていなかった。この島国の歴史をごく断片的にしか知らない。昭和史でもそうであり、古代・中世は基礎知識さえ全く欠けていた。でもその時期と近世を無視すれば、木曽馬の歴史を語れないらしい。木曽路や中山道で武士と活躍した馬たち、そのすべてが木曽代官山村家の管理下に置かれるという長い時代が存在していたという。

資料館の外に出て、木曽川の水面に眼をやった。広くない川幅に豊かな水量はあふれるように流れている。太古から今に至るまでこの川はどう変わってきたのだろうか。

鉄朗の年輪はわずか一六年。松虫号の話はその五倍ほど昔の時代である。八三八年前と言われると眼が眩《くら》むような感覚になってしまう。

山村代官屋敷に足を延ばした。山村家は木曽谷の徳川直轄支配を担う木曽代官として、地域の馬を一手に管理していた。庭園と屋敷は今も残されている。だが往時には庭園だけで二〇〇も所有していたという。案内板の記述を見て、鉄朗は思わず目を疑った。展示されていた馬具も豪奢《ごうしゃ》で鐙には金銀の象眼が施されていた。

代官屋敷を出て、小雨がぱらつく中を木曽川沿いに歩いた。小さな橋を渡った地点に、御嶽《おんたけ》古道の説明板を見つけた。木曽の独立峰である御嶽山は古くから霊山として民衆の崇拝を受け、修験道《しゅげんどう》の修行の場として御嶽信仰が育まれてきたという。魂の憩いの場を御嶽山に求める山岳信仰は中世に発生し、江戸期に全国的に広がり、現在に至っていると記されていた。

昨日まで存在も知らなかった新たなテーマがまたも挑みかかってくる。派手な観光地ではないこの街には、歴史が詰め込まれているに違いない。

宿泊先は、駅からバスで四五分ほどの地点のペンションだった。高額のバス代を覚悟していたら、町営バスは二〇〇円均一というので思わず得した気分である。

開田高原は本当に広い。長時間走り続けても沿道の人家は絶えることがなかった。

ビューおんたけというペンションで、千村寿毅《ちむらとしき》さんという八〇歳のオーナーと奥さんの出迎えを受けた。この宿は母が知人から推薦された。息子の一人旅を案じて、母が予約してくれた。木曽馬への関心と松虫草を見たいというお願いまで、母は話してしまっていた。

ペンション到着から三〇分、その時点での急展開を鉄朗は予測できなかった。

この村で生まれた千村さんは、多くの馬と出会ってきたという。戦後しばらくは自宅でも数頭の馬を飼っていた。この地域ではごく普通のことである。長らく木曽の多くの村で馬は育てられてきたが、いつしか最も不便な開田村が主要産地として残ったという。

松虫草について関心を持つ理由を千村さんから尋ねられた。絵本を示しながら松虫号の話をした。

「松虫号……、聞いたことがないな。花の名前をつけた馬は多くいるけれど」

千村さんは書架から一冊の本を取り出した。『木曽馬とともに』という本を手にとって、ある頁を食い入るように読んでいる。

「了解しました。松虫号という名前ではなく、山吹号として今の話は書かれている。山吹号が本当の名前ですね」

信じられないという思いで、鉄朗もその箇所に目を通した。絵本と共通する記述だ。より詳細に山吹号として描かれている。絵本では敢えて実名を記さなかったのだと千村さんは述べた。

「間違えて松虫号とみんなに伝えてしまいました。まさか違う名前とは知らなかった」

鉄朗はややかん高い声で、弁明することになった。もし競馬の騎手が間違ったゲートに入ってしまったらこんな感覚なのだろうか。顔面の紅潮を感じていた。

九月は松虫草が咲いているに違いない。そう思って観光協会に電話で問い合わせていた。例年より開花が早いと耳にして、駆け付けたのだった。松虫草と出逢えれば、松虫号につながるだろう。その思いも水の泡になってしまう。

（誰も間違いを訂正してくれなかった……）

動揺を隠せない鉄朗を千村さんは慰めてくれた。有名な一冊の記述を信じるのは無理もない。松虫号でも山吹号でも物語の流れは少しも変わらない。

千村さんの激励によって鉄朗は救われた。山吹の花も撮っていきたい。花の写真が増えることは歓迎だった。

「松虫草の花と一緒に、山吹の花も撮っていきます」

「山吹は春の花だから。さすがに今は咲いていない」

千村さんは微笑んでいた。再び大恥をかいたことを自覚した。

「松虫草はこれですよ」

千村さんは食卓の小さな花瓶に松虫草が生けてあることを教えてくれた。開花前の一本が存在を主張している。地味でも個性は強そうだ。明朝に開花している松虫草を探すことにした。

一品ずつ供される夕食の豪華さに鉄朗は驚いた。石焼きで食べる料理は迫力がある。石に触ってみたら本当に熱い。今夜は他に宿泊客がいないので、ゆったりした気分での夕食になった。

夕食後にこの地域と馬との関わりを千村さんは解説してくれた。身近で家族のような存在として馬と接してきた。都会の高校生が大昔の一頭に関心を持っていることは不思議だという。なぜこの地域に馬が必要で、開田村は木曽馬の里になったのか。千村さんの説明は明快だった。

第一にこの地域は標高が高く、農作物の生産が容易でない。飼料を生産しなければならない動物は飼えない。その点で馬はススキやカルヤスなど草を与えていれば丈夫に育つ。

第二に馬の糞を利用した厩肥は寒冷地の土を暖める最適の肥料。

第三に小柄でも丈夫なので、農耕馬としても適している。女性にも扱いやすい。

第四に農家にとって育てた馬を市場で売ればたしかな現金収入となる。

これらのことは、この地域の自然と環境、生活と労働のあり方と結びついている。馬は切実に必要とされていたという。

敗戦の年に千村さんは小学校一年生だった。標高千数百メートルの高原に軍の施設はなく、戦争を身近に感じられなかった。八丈島からの疎開児童など、限られた記憶だけが残っている。

敗戦後の食糧難は全国的に深刻だったが、この地域はまだ恵まれていた。川でイワナやヤマメを捕った。野鳥を霞網《かすみあみ》で捕ることも当時は可能だった。いずれも貴重なタンパク源となった。

雄大な自然は苛酷でもある。七月と八月以外は、どの月も霜の降りる可能性がある。それほど寒冷の地でも稲田はあり、人びとは農業への挑戦を止めなかったという。

元銀行員の千村さんの話は、理詰めで具体的だった。鉄朗は思わず尋ねてみた。

「もしかして、カマイタチという言葉を知っていますか」

「もちろん知っています」

千村さんは大きくうなずいた。鉄朗は驚きを隠せなかった。松虫号が実在しなかったことと同じぐらい心を揺さぶられたといえよう。

この地域では昔から有名なのだという。ふと気がつくと皮膚が切れているような時に、年長者は「カマイタチにやられた」との表現をよく口にしていた。千村さんは思い出を語った。

「迷信だと思っていたのですか」

千村さんは一瞬口ごもったが、おだやかな口調を変えることなく言葉をつないだ。非科学的とか、迷信にすぎないとか、年長者の発言に反発する必要はない。長らく伝承されてきたことを受けとめる。その上でカマイタチへの評価は一人ひとり分かれるはずと言うのだった。

「山吹号よりも、カマイタチの方が有名だろうね」

千村さんは穏やかな口調でありながら、自信を持ってそう語った。

翌朝も雨は降り続いていた。近くの林で、ひっそりと咲いていた松虫草の花を写真に撮った。まばらに生えていると存在感は薄い。食卓の花瓶に生けられていた姿よりも地味だった。大群落を期待したわけではないが、訪問時期は少し遅かったようだ。

千村さんとお別れして、ペンション前のバス停から駅とは逆方向へのバスに乗る。さらに二〇分もかかる山下家住宅を訪ねることにした。昨日初めて知った場所。木曽馬に関心を持つ人は必見と千村さんが勧めてくれた。

行けども行けどもまだ人家は絶えることがない。村の広さを実感した。バスを降りてすぐに二階建ての巨大な古民家が見えてきた。受付にいた加村金正《かむらかねまさ》さんが施設の館長さんだという。

がっしりした体格の加村さんは、屋敷の主にふさわしく思える。ちょんまげと刀が似合いそうな風格を持っていた。今ならば他に来館者がいないので、ガイドをしてくれるという。

屋敷を入るとすぐに馬屋があって、その中に石垣は設えられていた。鉄朗は思わず尋ねた。

「なぜ石が馬小屋にあるのですか」

「馬糞でつくる厩肥が木枠を腐らせてしまうから」

思いがけない答えだった。さらに意外だったのはこの馬屋で飼える馬はわずか三頭。大きな屋敷なのに一般農家と変わらない馬屋である。加村さんはさらに疑問に答えてくれた。

「馬屋は小さくても、この家こそ木曽で指折りの馬持ちだった。長らく数百頭の馬を所有していた大馬主でした」

加村さんは馬小作制度という言葉を使った。この家は馬主として農民たちに馬を預けていた。飼育は農民たちの馬屋で行われるのだ。大きな屋敷でありながら、この家の馬屋を広くする必要はなかったわけである。

巨大なお屋敷に鉄朗は驚きを感じていた。想像を超える広い座敷、見たこともない柱と梁の太さ。建物は文化財であることを実感した。

加村さんによるとこの建物の竣工は江戸時代の終わりの慶応二（一八六六）年。松と楢《なら》を主材として、大黒柱は欅《けやき》である。栂《つが》を使った座敷は優美な雰囲気を醸し出している。

三〇〇年以上、一一代にわたって続いてきたこの家は跡取りがなく今は途絶えてしまった。古武士のような威厳を持つ加村さんは山下家の縁者ではないという。ある時期は民宿であったこの家は、その担い手も逝去した。傑出した古民家として県宝に指定されて今日に至っているという。

「一一代にわたって継承されてきた歴史は重い」

加村さんはそう語りながら、まず山下家のルーツについて教えてくれた。江戸中期から昭和期まで馬と関わってきた山下家は武士の出身。そもそも飛騨高山の馬奉行に仕えていた。伯楽《はくらく》と称する馬医として活躍した人もいるという。

一七世紀後半から馬主として栄えたこの家は、時には三〇〇頭を超える馬を所有していた。農家は二歳まで育てて木曽福島の馬市で馬を売る。その代金こそ馬主である山下家の繁栄を支えてきた。江戸時代は馬主の取り分がきわめて多かった。小作農家は四本の足の一本分である二割五分ないし三割という取り分だった。馬主側は圧倒的に優位だったことになる。

力関係は変容する。後年には両者の取り分は均等になった。数百年かけての大変化である。栄華を誇ったこの家も昭和期になるとはっきりと衰えていく。馬主としての取り分の減少も一因であり、耕耘機の導入も進んでいた。昭和恐慌を中心とする農村不況の影響は大きかったに違いないという。

「これほど山奥に馬主さんがいて不便はなかったですか」

バスの乗車時間を考えれば、鉄朗にとって当然の疑問だった。加村さんはこの地について解説した。

開田高原入口からははるかに奥まっていても、村内の多くの人が集まってきた地である。昔の人は長距離を歩くのは当たり前。馬も言わずもがなだった。

「零下二〇度を超すこともあるので冬は大変だね」

加村さんはしみじみとした口調で昔の寒さを語った。広い座敷に大きな囲炉裏が二つも設えられていた。この囲炉裏で部屋は暖まるに違いない。だが加村さんに水を向けると、囲炉裏だけでは不十分だという。

「あれを見てください」と加村さんは土間の馬の釜を指さした。大きな鉄釜は馬たちにお湯を飲ませるために使うという説明が記されている。

「馬のためだけではない。人間が寒さをしのぐためにも大切でした」

釜を熱し続けることで蒸気と熱は座敷に伝わる。それも貴重な暖房だったのだ。

二四畳あるという座敷は広いだけでなく見事だった。幼子は走り回るに違いない。くすんだ印象もなく、品格ある雰囲気を感じさせた。


展示物や史料について加村さんは説明してくれた。まず江戸初期の馬医書は膨大に残されているという。近代医学以前の、東洋医学による馬体の解説と病気への対処法だった。治療は鍼《はり》治療である。馬に格別の愛情を注ぐこの地域で、健康な馬体を保つ知恵は必須だった。ちなみに馬肉をまず食べないのも、この地域の特性だという。

鉄朗は思わず芽香の医学論を思い出していた。江戸時代から馬に鍼治療していたとは初耳である。東洋医学は地域に根を張って、地道な研究と治療を行っていたのだ。

「この台帳こそこの家を支える屋台骨だった」

続いて加村さんは馬を飼う農家への貸し付けと市場での売り上げを記した台帳について説明した。これがあることで馬小作制度は成立していた。

「入口の駕籠に乗ったのは誰だろう」

その問いに鉄朗は即答できなかった。この家の当主が木曽福島の馬市まで乗ったという。馬市にはこの村からも多くの人たちが参集した。農民は駕籠に乗るはずもない。馬とともに歩き、帰りは牛肉などの土産を手にして村に帰ったという。

鉄朗には当然だと思える。全員が駕籠に乗る光景はありえない。駕籠を担ぐことも庶民の大事な仕事であったに違いない。

「開業医をしていたこの家のご子息も駕籠に乗って往診したらしい」

加村さんは木曽馬で往診しない理由について解説した。医師の往診は気安く頼めない。ありふれた馬ではなく、ありがたみを感じられる駕籠を使った。加村さんはそう解説した。

全一一代の系譜には、漢方薬の製造販売、漢方医、村議会議長などを務めた人たちも含まれている。新道や用水の開発、水力発電所の建設に従事した人もいるらしい。


この山下家について自ら執筆した文章を加村さんは見せてくれた。その一節には、二歳馬《にしゃんこ》を馬市へ送り出す時の家族の心情も描かれていた。馬の好物である大豆とヒエを煮て、馬頭観音にお供えをする。木曽福島への出発の際には、涙を流してお別れをした。

「昨日初めてこの場所を知りました。本当に勉強になりました」

密度の濃いガイドをしてくれた加村さんに鉄朗は感謝した。

「そうだ。カマイタチについては説明していなかった」

加村さんの一言に鉄朗は驚いた。ペンションの千村さんからの電話で、木曽馬とカマイタチに関心を持つ高校生だと聞いていたらしい。

「伝承の世界は跡づけにくいね。この地域でカマイタチはいつから知られていたのか。木曽馬の歴史よりも短いだろう。でも多くの人はその話題に出会っているはず」

馬とイタチとは奇妙な取りあわせだ。加村さんはそう言いながら微笑んだ。


もう一度駅の方向へとバスで向かう。木曽馬乗馬センターの訪問は、今回の大事な目的だった。木曽馬に乗りたい。松虫号についても教えてもらおうと、事前に電話でお願いしていた。責任者の中川剛《なかがわたける》さんは木曽馬に関わり続ける馬の専門家。観光協会からも名前を教わっていた。

松虫号の事情はよくわからない。事前に質問を届けてもらえれば、時間さえ空いていればごく短時間の対応は可能だ。施設は無休だが、降雨時はもちろん屋外で乗馬不可能な日は多い。それを了解した上で訪ねてくださいという返事をもらっていた。

バス停で降りると、雨が強く降っていた。広大な林の中に馬は放牧されるに違いない。はるか先まで道は続いている。この天候では屋外での乗馬は不可能だろうと覚悟した。

やがて厩舎が見えてきた。馬たちの姿を見ながら、中川さんに挨拶した。愛知県出身の中川さんは学生時代から馬に関わって、この開田高原で木曽馬とともに働いている。

現在この地には約四〇頭の馬がいる。その世話はもちろんのこと、馬に関する仕事のために県内外への出張も多いという。

「松虫号の本当の名前は山吹号でした。お騒がせしてすみません」

鉄朗の挨拶に、中川さんは微笑んだ。

「あの絵本は有名だね。他にも別の名前として書かれている本を知っている。でも馬の生態を考えれば、格別に不思議なエピソードではないね」

山吹号が元の飼い主を覚えていたことは、意外ではないという。馬は記憶力に秀でているから、身近な一人ひとりを匂いで覚えているらしい。ただ中国大陸のど真ん中で一頭の馬と飼い主とが再会したことは信じがたい偶然だという。

「山吹号より何年も前にも注目すべきエピソードは残されている。二年ぶりに村に帰ってきた馬が元の飼い主の家を探して戻ってしまった」

あっけにとられている鉄朗の前で、中川さんは伊藤正起《いとうまさおき》さんの著書を手にした。

一九三一（昭和六）年に軍馬として徴発された馬だった。二年後に払い下げられて開田村に戻ってきた。それ自体、稀少な事例であったという。その馬を新しい飼い主は自宅に連れ帰った。だがどうしても馬屋に入ろうとしないことに驚いた。

仕方なく手綱を解いてみた。馬は迷いもなく歩き続けて、何と二キロも離れた農家へとたどりついたという。その瞬間、その家の馬屋から馬が嘶き、辿り着いた馬もそれに強く呼応したという。二年前の飼い主の家を覚えていた。馬同士も再会を喜びあうのだった。

鉄朗はその箇所を読みながら胸躍る思いだった。何と賢いのだろう。もう一つ驚いたことは、軍馬として徴発された後に郷里まで戻った馬はごく少数存在していたのだ。勝山号も稀な一頭であるが、他にもいたことを改めて確認できた。

中川さんは鉄朗が送った質問票を取りだしてくれた。

「最初から難問だね。考えをまとめておいた」

中川さんは笑って、鉄朗の顔を覗き込んだ。声に出して質問を読み始めた。

「戦争で軍馬が死んだこと。戦争中に木曽馬の断種が求められたこと。木曽馬に関わる人にとってどちらが深刻なことだったのですか」

「もちろん当事者にとって、軍馬の死は悲しかった。でも最も深刻だったのは木曽馬が絶滅の瀬戸際まで追いつめられたことだろう」

中川さんは軍馬の徴発について解説してくれた。木曽馬の場合は満州事変後に限られている。粘り強く体力に恵まれているので戦場向きだが、体高が低いというだけの理由で長らく軍馬として認められなかった。軍馬として貢献した時期は、他地域にくらべればかなり短い。

山吹号（松虫号）も含めて戦場で死んだ馬は多い。飼い主と家族の悲しみは深かった。村内で馬頭観音碑は江戸時代に数多く建てられているが、一二〇〇体を超えている。馬への思いがきわめて深い村である。戦没軍馬の慰霊碑も三、四カ所を確認している。

ただ木曽馬にとって最大の危機は軍馬の死ではない。明治期以降の国策としての馬匹《ばひつ》政策こそ試練だった。一九〇六年から本格化するこの国策で、海外の大型馬を大胆に移入する動きは加速化した。輸入馬を掛け合わせて馬体を大きくする努力は熱心に進められた。

戦争を想定しての馬匹改良。欧米に追いつき追い越せという決意こそ木曽馬を追い詰めたのである。戦時下に断種を求める陸軍の圧力は強まっていた。これが木曽馬激減の理由である。

「でもね。この地域で馬に関わった人たちは、結構抵抗していたらしい」

中川さんは当事者から確認したという。大型馬による種付けを回避する努力は続けられていた。唯々諾々《いいだくだく》と従っただけではない。農民たちは昔からの小型の木曽馬を求めていた。その特性を守ろ

う と土俵際での抵抗は模索されていたらしい。

その貴重な資料として中川さんが紹介してくれたのは、連続講座で宮崎先生が言及した原文子さんの本『木曽馬のきた道　原義亮の足跡から辿る』だった。

「この本、国会図書館にもない貴重な本らしいですね」

中川さんはよく知っていると感心した。戦前・戦中の臨場感ある肉声をたどることができる。木曽馬を守ろうとした人たちの苦渋も伝えられているという。

「木曽馬が土俵際まで追いつめられたのは、戦後すぐの時期だった」

この時点で牡馬は姿を消していた。県内のある神社に神馬として奉納されていた馬の存在によって、木曽馬は辛うじて絶滅せずに今日に至っている
「時間はもう残されていなかった。もし神馬さえ見つからなければ……」

絶滅していたに違いないという。この間の経緯も、原さんの本にくわしく描かれている。


「次の質問も難問だ」と言いながら、中川さんは質問を読み上げた。

「戦争中に馬の仕事に関わった人たち、農民も馬主も獣医も家畜商もあの戦争をどう思っていたのですか。この人たちにも戦争責任はあるのですか」

中川さんは一瞬天を仰ぐような仕草をした。一呼吸を置いた上で、中川さんは語り始めた。

木曽馬に関わった人たちの大半は、四六時中戦争を煽り立てる人ではなかったと思う。農民も獣医も家畜商も馬と真剣に向きあってきた。その人たちの責任をはたして問えるだろうか。軍馬の徴発だけではない。この村からも多くの人が出征し、戦争末期だけで約百人が戦死している。

「その昭和史講座の皆さんにも、ぜひ一度木曽馬に乗りにきてほしい。鞍《くら》に跨って周囲の風景を眺

めてほしい。馬はどのように歩くのか。餌の食べ方や、糞について知らない人もいるはず。生き物としての馬に関心を持ってほしい。木曽馬が多くの人に支えられ続けてきたことについても」

馬との新たな出会いの場の広がりについて中川さんは教えてくれた。

現在では福祉のセラピーという観点から馬への関心は高まっている。大学生で流鏑馬《やぶさめ》に挑戦するサークルもある。木曽馬を未来へと守り育てていく仕事は、休みなく続いているという。

「今日は雨だから、外で乗れませんね」

「残念だけど屋外は中止です。でも室内だったら大丈夫だよ」

馬に乗る前に厩舎《きゅうしゃ》を見学させてもらった。一頭ずつ馬体の大きさは異なっている。色も性格も違う。どことなく昔風の木曽馬らしい馬がいれば、よりスマートな馬もいる。この地域の木曽馬の大半はここに集められている。

木曽馬の特徴については、昨日手にしたリーフレットに書かれていた。足や蹄は丈夫で胴長短足の馬体。額と首が太くて顔は丸みを帯びている。

厩舎から顔を突き出している姿は愛らしい。手を出すと顔をすり寄せてくる。

「かまれることはありませんか」

「かむ馬もいるから油断はできないよ」

「糞をよくする時間はありますか」

間の抜けた質問は笑われてしまった。決まった時間に糞をするなら扱いやすいけれど、そうではない。馬は四六時中食べ続けている。胃は一つしかないので消化に時間を要するからだ。すべての面で一頭ずつ個性を持っていると教えてくれた。

雨天でも馬に試乗できるのは、体育館のような調教場である。かなり広かった。一八歳の馬に高校生だという女の子が乗っていた。ヘルメットを着用しての乗馬姿がさまになっている。厩舎で草を食べ続ける馬よりも、この馬はさらに魅力を感じられる。

中川さんに引いてもらいながら、鉄朗も馬に乗った。済州島の馬よりもずっと大きく感じられた。でも恐怖を感じなかった。スマホを預けていたら、高校生が写真を撮ってくれた。

今年からアルバイトに来ているという女子高生は鉄朗より一つ年上だった。この乗馬センターの存在を知って、馬と接する仕事への関心を強めたという。そのために福島から来ていると話してくれた。単位制高校なので毎日登校する必要はないという。

一つ年上の人は、奥ゆかしく清純さにあふれていた。

「福島からって、そんなに遠くからですか」

恥じらいの色は濃くなって、迷いながらうなずいた。

「福島県ではなく、木曽福島だよ」

中川さんが訂正してくれた。バスで何十分もかかるから木曽福島もすぐ近くではないのだ。

忙しい中川さんに長時間お世話になった。一軒だけ道路沿いに飼育馬の見える場所があるという。山吹号を偲んで飼い主たちがお供えを続けてきた馬頭観音の場所も教えてもらった。

「今度は晴れている日に馬に乗りに来ます」

鉄朗は二人に挨拶をして、乗馬センターを出発した。

近所の個人宅で飼われているという馬を見に行った。その姿に驚かされた。雨に濡れそぼっていると、毛艶の美しさは際立っている。円形の柵の中で馬は自由に動いているのだった。緑あふれる野外で、細かい雨に濡れている馬に接すると胸ふるえる思いになった。限りなくやさしさのあふれる眼だった。

鉄朗は笑いをかみ殺していた。この馬は親譲りで性格がきつく、すぐ蹴りたがる牝馬であることを中川さんから教わっていた。飼い主も用心しているらしい。

それを知らなければ、優駿との出会いとしてより感動的な写真になっただろう。鉄朗がスマホを向けると、不思議そうな顔でこちらをみつめていた。厩舎の馬よりも、室内調教場にいる馬は見栄えがする。屋外にいれば輝きはさらに増していく。性格の問題は二の次にしておこう。

近くの馬頭観音を見学した。多くは江戸時代に作られたということを通りかかったお婆さんが教えてくれた。

木曽福島駅から帰りのバスでは長時間眠りこんでしまった。人生初の一人旅は予想外の発見に満ちていた。松虫号に関する意外な事実も判明した。一頭の軍馬の背後には、近代史の長い時間をかけて在来馬を改造する努力が存在したのだった。

新宿まであと一時間ほどの時点で、芽香からのメールが届いた。返事をしないとはずいぶんじゃないかと立腹している。昨夜のメールのことだった。千村さんから貴重な話を聞いた後は、朝まで爆睡して見落としていたのだ。昨日から熱を出して眠りこけていた。体調が回復したらまた連絡すると返事を出した。

芽香よりも乗馬センターの高校生の可憐な姿を鉄朗は意識していた。調教場で二人だけになれたら、名前とアドレスを聞けたかもしれない。でも次の機会はあると思った。

斎藤実と小林多喜二

一〇月二〇日。「一九三三年」がこの日の講座のテーマである。この一年にどんな光を当てるのかを鉄朗は予想できなかった。戦前の注目すべき一年だという。

「この一年に起きたできごと。日本と世界の大事件を思い出せる人はいますか」

レジュメはまだ見ないようにと志乃先生が指示して、クイズ形式で始まった。すぐに反応した何人かの回答を聞いて、鉄朗はなるほどと思った。

この年の一月、ドイツではヒトラーが政権についた。三月、日本は国際連盟からの脱退を通告。国際社会からの孤立は深まった。これらの大事件が起きた年として記憶される。国際的な軍国主義とファシズムの強まりを指摘する人もいた。

「この講座との関連で、どうですか」

勝山号が生まれた年、昭和八年である。何人かはすぐに回答した。

「実は私もこの年に岩手県盛岡市で生まれました。勝山号より三カ月お兄さん」

男性で最も活発に発言する時田さんの一言によって、かすかな笑いは起こった。

「さてもう一人、岩手県出身でこの年との関連で記憶したい人は誰でしょう」

志乃先生の問いに対して沈黙が続く中で、時田さんはもう一度挙手した。

「岩手県水沢出身の斎藤実《さいとうまこと》は総理大臣でした」

「その通り。斎藤実は前年の一九三二年に総理大臣として組閣。三四年まで在任した後に、三六年の二・二六事件で殺害されました」

二・二六事件を鉄朗はうっすらと知っていた。でも一九三三年時点での首相がこの事件で殺害されていたとは初耳だった。

「斎藤実首相以外でどうですか、岩手出身の著名な人。この年との関連で忘れてはいけない人」

藤野さんはすぐに反応した。

「宮沢賢治《みやざわけんじ》はこの年に亡くなっています。オキシフルで身体を拭いて旅立ちました」

志乃先生は、レジュメで確認してみようと言った。日本と世界での動向が分野ごとにまとめられていた。レジュメの末尾にコラム的な扱いで宮沢賢治の略歴も記されていた。

「賢治の没年を直接尋ねれば、思い出す人はいたかもしれない」

先生は光の当て方次第で記憶は蘇ることを語った。軍国主義とファシズムの時代、中国との戦争は開始されているという時代の大枠を強く意識していると、賢治の死は忘れられやすい。

「無謀な試みだけど、今日は一緒に論じにくいテーマも位置づけました」

現代史における一九三三年を考察した上で賢治の軌跡も織りこめればと語った。


まず一九三三年とは悩ましい年だと志乃先生は述べた。

二年前に満州事変が開始され、軍国熱は高まっていた。テロリズムの台頭もこの時期の特徴。一年前の五・一五事件で政党内閣は終焉を迎え、挙国一致内閣として斎藤内閣が登場した。

この内閣の下で満州事変はさらに拡大され、国際連盟脱退へと向かった。ただこの内閣はとりわけ好戦的だったわけではない。斎藤個人は海軍兵学校出身のエリートで英語力にも恵まれ、リベラル派の重鎮だった。経済的には高橋是清《たかはしこれきよ》蔵相の下で積極財政がとりくまれていた。大胆な財政支出拡大の積極政策で経済は好転していた。

「これは何か、知っていますよね」

志乃先生はヨーヨーを取りだした。この年に全国で大ブームになったという。月産五〇〇万個に達していたという指摘には驚きの声が漏れた。

この年、伊豆大島の三原山火山口からの投身自殺は頻発していたらしい。これ自体ニュースであるが、自殺を煽り立てる厭世的な歌として、ダミア「暗い日曜日」のレコードが政府によって発売禁止にされたという事実も指摘された。

その曲を志乃先生は聞かせてくれた。日本語ではない。深い悲しみをたたえた旋律であることに鉄朗は驚かされた。同時に「一九の春」「サーカスの唄」など国内の流行歌も紹介された。「一九の春」は以前にテレビで聞いたことがあるような気がした。

一九三三年という年に、豊かさと貧しさは入り混じっている。洋風化と国粋化という対照的な動きがあった。その点で注目に値する年だと、志乃先生の話は切れ味鋭く進んでいく。

一九三〇年の昭和恐慌で農村は大打撃を受け、娘たちの身売りはその苦境を示す象徴として報道された。東北農村の窮状はとりわけ深刻だった。同時期の「大学は出たけれど」という言葉は、エリート層の若者であっても経済的危機によって大打撃を受けることを示していた。

だが貧しさだけに注目すべきだろうか。恐慌から三年、経済の回復基調は明らかで女性の職場も拡大していた。身売りだけにこの時代の女性の実像が示されているわけではない。

「一色で括れないハイブリッドな年であった」

志乃先生はあわててハイブリッドの意味を補足した。

服装の洋風化は一段と進み、モダンガールも町を闊歩《かっぽ》していた。ハイカラな文物はあふれていた。消費文化では華やかさが突出する一方で、国際社会との緊張関係は強まるという両側面に注目したい。志乃先生はこの時代の様相とは、思いのほか理解しづらいと率直に述べた。

一九三三年に米は大豊作。綿布輸出量は世界第一位になるなど数年前との対比で経済の勢いは増した。しかし翌三四年には東北地方の冷害・大凶作で、娘の身売りと欠食児童などの存在は再び深刻化する。西日本も含めて米作は大凶作という極端な変化ももたらされていた。

ところで第一回で紹介した『君たちはどう生きるか』に登場する「人間分子の関係」とか「網目の法則」は当時を知る上で役に立つのだろうか。日々刻々と変化していく現実の最先端、景気変動や農産物価格の動向を予測するためには役立たない。でもこの生産関係も含めて、経済の現実を真剣に学ばなければ、社会の大枠を読み間違ってしまう。世界を知る上での不可欠なアプローチだと先生は述べた。

一方、この年は治安維持法による逮捕者が最も多かった一年。天皇を中心にした国体への叛逆者《はんぎゃくしゃ》を弾圧して、忠誠を誓わせる転向政策は本格化していった。

「後の日中戦争全面化、アジア・太平洋戦争開戦という戦争への道は、この一九三三年時点では定まっていない。別の道もありえた。太平洋戦争をこの時点で想定できた人は稀だろう」

鉄朗には印象的な一言だった。歴史は過去を分析するはず。だが別の選択肢を探るという発想もできるのか。その疑問に答えるかのように、年表を参照して志乃先生は話をまとめた。

満州事変は一九三一年。この一九三三年をはさんで一九四五年の敗戦に至る過程で、庶民は状況とどう向きあっていたのか。戦争で辛酸を嘗《な》める人。利益を得た人。周囲を煽動した人も多い。戦争熱の高まりと同時に各自の多面的な姿も意識しておきたい。中国大陸での宣戦布告なき戦争の進行について、庶民の受けとめ方も全員が一律であったわけではない。

国際情勢については、後の枢軸国となるドイツとイタリア。一方では米ソ両国こそ最重要であることを述べた上で、この時代に諸国の社会はどう変化していたかを解説した。

「日本社会で、当時と現在とで一番違っていることは何でしょう」

先生の問いかけに皆は沈黙する中で、末吉さんは珍しく笑顔で発言した。

「ごめんなさいね。……先生たちが心から敬われていたこと」

はじけるような笑いは爆発した。志乃先生も破顔一笑して拍手した上で語った。

「ご名答ですね。もう一つの注目点はメディア。テレビの映像はお茶の間に入ってこない時代。市民がSNSで情報を発信できる現代とは異なる」

ラジオと新聞の統制は政府の緊急課題だった。出版物への検閲制度が存在し、発禁処分を受けたり、多くの伏せ字を強いられたりする本もあった。

「それでは庶民は自分の地域だけに閉じこもっていたのか。そうでもないらしい」

志乃先生は意外な話題に言及した。もちろん自分の村や町から外に出なかった人も数多い。その一方で、人の移動は現在よりも活発であった。出征兵士は別にしても、植民地朝鮮、台湾、さらに満州へと人の流れは絶え間なかった。一九三七年からは満州移民も本格的に開始されていく。すでに明治期から移民政策は推進されており、ハワイ、ブラジルなど世界各地へとわたっていた。生活苦もあり、海外移民へと希望を託した人は多かった。

大日本帝国をしかとみつめたい。現在の国土とは広さはまるで違う。それを確認しましょう。パワーポイントを見ながら、鉄朗は眼を疑う思いだった。

「ようやく馬の生活する農村の話題に移ります」

斎藤内閣で内外の重要課題は山積していた。中でも農村問題はきわめて重要だったという。

当時は人口の大半が農村に暮らしていた。米作りは国を支え、製糸業の原料である繭を生産するのは農村。軍馬を送り出すのも農村である。だが地主制の下で小作農家の生活は苦しく、経済情勢の変化の中で没落する層もたえず生み出されていた。

いかに農業生産を向上させていくか。昭和恐慌の甚大なる打撃から回復するか。農民運動の激化や台頭する右翼からの農村救済を求める声も高まる中で、この問題を軽視すれば社会は大きく揺らいでしまう。

この内閣は農村危機への対応として、救農土木事業と経済更生運動なる方策を推進した。後者は農業生産の中核的担い手として中農層を国家が養成・掌握しようという試みで、戦争を遂行する基盤（日本ファシズム）を形成したとの研究も存在している。

経済更生運動の農村での主要な担い手は産業組合に関わる人たち。現在の農協である。宮沢賢治も産業組合にかつて期待を表明したとの一言を、鉄朗は聞き流していた。

「スローガンは、経営の改善と担い手の育成と生産力の向上。これを実現できなければ、地域も国も揺らいでいく。必死でした。行動スタイルは今と共通しています」

目標を立て、スケジュールを決める。何度も会議を開く。ただ政府でこの政策を構想した人と、農村の現場との間にギャップはあったはず。農民はファシズム体制の構築を願っていただろうか。でもこの構想には、新たな体制を農村から生み出すという問題意識も含まれていた。

「明治期以来、二宮金次郎の勤勉さから学ぶ。名望家《めいぼうか》という有力者が農村を引っ張るという発想は強かった。そこから脱皮する。産業組合を要として、新たな層を農村の中堅人物として国家の担い手に育成する。それをめざしたのでしょう」

この一九三三年の時点での農村での新たな模索はどう結実したのか。評価はむずかしいらしい。この試みによって生産力が上昇したことは確実であるという。


「あら大変、残り時間で賢治を論じられないわ」

先生は慌てふためいて、その文学的世界は次回にと語った。休憩かと思ったら諦めなかった。

「賢治の人生と社会の緊張関係だけを駆け足で話します」と珍しく強引に話し続けた。

宮沢賢治は岩手の農村をみつめていた。その現実とは異なる新たな世界を探求していた。私の問題提起はただ一点。賢治の文学は自然と生命と人間が響きあう世界として讃えられている。それに共感する。ただそれだけで十分なのか。さらにもう一歩、社会との関わりを意識することで、賢治像は奥行きを増すのではないだろうか。

「私は初心者として、次の点を意識します」

遠慮なくご批判くださいと言いながら、少し早口で話す先生だった。

第一に賢治は現実の矛盾や農村の窮乏を知っていた。他人とは異なる角度から模索を続けた。羅《ら》須地人協会《すちじんきょうかい》は有名。ただ現実世界を作品でそのまま表現したわけではない。

第二に、宗教的社会的な主題は人生の一大事だった。宗教は父との激突を招いた大問題。日蓮宗の一宗派でファシズム性を帯びた国柱会《こくちゅうかい》への傾倒は有名で決定的に重要。無産政党である労農党にも協力した。新たな世界の創造を模索し続けてきた。

第三に、「世界がぜんたい幸福にならないうちは個人の幸福はありえない」という思想は生涯をかけての問い。一時の思いつきではない。ただ美化することには慎重でありたい。「雨ニモマケズ」よりも重要なこの思想の淵源を探りたい。なお時代を超越している賢治文学も、「雨ニモマケズ」のように戦意高揚に悪用されたのが戦時下の日本だった。

第四に、賢治の没後八五年の現在。賢治の夢とは何だったのか。八五年間で農村はどう変容したかもみつめたい。経済の豊かさを求めた戦後社会を再考したい。

時計を見ながら、志乃先生は話を結んだ。

「注文の多い受講者の皆さん、今日の報告で一つでも刺激を受けた点があれば、良かった、よだっかと言ってくださいね」

その一言に反応する受講者はいなかった。

休憩時間を圧縮して討論を開始。レジュメの重要な事実についての指摘もあった。

愛犬家の男性は、満州事変で死んだ那智・金剛号にこの一九三三年に初の軍用犬功労章甲号が授与されていると指摘した。犬への功労章も授与されていたのだった。

岩手出身の時田さんは、岩手県の一九三三年で忘れがたい三陸地方の大地震・大津波に言及した。死者三千人に及ぶ衝撃の大災害だったという。いま知られている「津波てんでんこ」という言葉も、この大津波の後に戒めの言葉として使われ始めたらしい。

志乃先生はいずれも重要な指摘であると評価した。続いて、八七歳の宗像《むなかた》さんという女性は慎重に言葉を選びながら質問した。

「あの時代は否定されるべきでしょうか。母はそれをいつも語っていました」

専業主婦の宗像さんは、三〇年以上前に母の昭和初年の記憶を綿密に聞きとったという。長女の自分はまだ二歳。母は実家の食堂を手伝いながら、隅田川のほとりに暮らしていた。両親と友人と常連客との語らいで流れていく日々。母は活動写真と歌を愛していた。俸給生活の夫の仕事も順調だった。一〇年後にくらべると、戦争の重圧感はまるで違っていたらしい。人情の厚かった時代。美しい歌を生み出していた時代として記憶していた。

「音源は残っていますか。ぜひミニ報告をお願いします」との依頼が司会者からなされた。

斎藤内閣を射抜く質問を発したのは、工場労働者を務めてきた七〇代の男性だった。

「一九三三年で忘れがたいのは、作家・小林多喜二《こばやしたきじ》が築地署で虐殺された事件。この事件について、斎藤内閣の責任はないのですか」

「内閣の責任ですか。難問ですね」

先生の表情はこわばった。治安維持法が悪法であるとまず確認したい。植民地朝鮮を含めると、一〇万人を超える人たちが検挙された。敗戦直後、ＧＨＱが同法を廃止したのも当然である。

その上で、悪法も法であった。同法を一九三三年の時点で廃止しなかった内閣の責任を問うことはできない。多喜二を殺害した特高警察の残虐な行為はもちろん違法である。ただそれを問えるような時代状況ではなかった。

「同じテーマを別の角度からいいですか」

七〇代とおぼしき男性は、多喜二の虐殺は今も心が痛む。ただ日本の侵略戦争に抵抗した人たちはソ連の社会主義を美化していたのではないかと尋ねた。

「その通り。明らかな美化でした。現時点から見れば問題です。ただ当時、軍国主義日本に対峙していた人びとはソ連に強い希望を抱かざるを得ない局面だった」

志乃先生は続けた。労働運動などでも一九二〇年代から「労農ソビエトを守れ」というスローガンは登場。多喜二も含めて左翼運動を担う人は社会主義の理想とは遠く隔たっていくソ連の圧政の内情についての情報を持てず、社会主義を偶像視する弱点を有していた。

「でも鬼の首を取ったように、それを馬鹿にできるのでしょうか」

どの時代にも歴史的制約は存在する。人間の認識は誤りを経て前進する。関連して、神の国日本を信じて天皇陛下に命をささげようと願った人たちを私は軽蔑できない。その時代に生きていたら、私もそう願ったことでしょう。

良き選択を志して結果として落とし穴に落ちてしまうことはある。軍国主義日本を支えていたのは善良な庶民。その時代と人間を内在的に理解したいという趣旨を志乃先生は語った。

鉄朗はメモをとり、スマホで検索しながら聞いていた。ただ最後の話題はスマホ検索では対応できそうもなかった。

司会者は農村や馬に関する質問を求めた。引き締まった表情の男性が発言を求めた。

「馬の話をしましょう。済州島の馬です」

この島の小柄な馬に乗れば、大地を走っている実感を持てる。この火山島から渡ってきた人たちこそ、在日韓国・朝鮮人の多数であったのは周知のことである。朝鮮半島の人びとは、日本の植民地支配によってどれほどの苦難を強いられたかと問いかけた。

「斎藤実首相はかつて朝鮮総督府の総督ですよ。この一点だけで朝鮮人民を抑圧した責任を問われませんか」

藤岡《ふじおか》と名乗る質問者の語りは、強い緊迫感を感じさせながら続いていく。

「多喜二の属した党派と自分は強い緊張関係を持っている。だが天皇制権力への抵抗者として敬意を抱く。斎藤実のように生きるか、多喜二のように生きるかは今なお問われ続けている」

一瞬の静寂を破って、反論したのは時田さんだった。

「それは郷土の大先輩への酷な批判です。反論させていただきます」

朝鮮総督府の歴史で一九一九年に始まる斎藤総督時代にそれ以前の武断政治から転換して文化政治が推進された。もちろん植民地支配を肯定できない。文化政治はスマートな統治を志向しただけとの批判も承知している。だが一九四五年までを視野に入れれば、節度を持っていた総督ではないか。反論があれば御教示ください。

時田さんは意識的に声を抑えていた。だが声は少しずつ高まってきた。

「小林多喜二と斎藤実を対立的に見る歴史観は、いかがなものでしょうか」

多喜二が特高警察に虐殺された三年後に、斎藤は二・二六事件で暴走した兵士に銃殺された。両者の立場は異なるが、この二人を抹殺する時代と社会ゆえに一九四五年八月まで戦争は続いたのではないか。時田さんは明るい口調で話を結んだ。

「藤岡さんですね。転向せずに毅然と歩んできた方なのでしょう。いつか二人で小林多喜二と斎藤実という役を演じて日本近現代史を問う激論をやりますか」

志乃先生の表情もにわかに晴れやかになった。

「グッドプランですね。アドリブで人物を演じて昭和史を語れる講座は最高に魅力的。テレビで有名であっても首をかしげる政治家や作家は多いのに、没後八十数年経った二人は今も敬意を持たれている。聞き応えがありました」

最後に若い世代からの質問をと要請されてまず藤野さんから指名された。

「すごい一年だと思いました。飛躍しますが、今も評価が高い多くの芸術作品は一九三〇年代に創造されています。社会の抑圧は芸術家の創造意欲を高めたのですか」

この応答役として、絵を描く野崎さんという女性が答えた。作品の創造は個人の内面に関わる。一点ずつ一人ひとりの作品をみつめたいという志向なので、時代の特質として概括するのは苦手だ。でも誰を乗りこえるか。どんな手法で何を描くかは現在よりも鮮明な時代だったのではないか。

鉄朗の順番になった。メモしていた質問を読み上げてみた。

「宮沢賢治は岩手の農村を本当に誇りに思っていましたか。農村に遅れた風習や封建的なしきたりが残っていることに、眼をそむけたい思いはなかったのですか」

志乃先生は、私には答えられない。私もそれを知りたいとつぶやいて、迷った末に時田さんを指名した。

「難問で私にも応えられません。この問いを投げかけられたのは初めてです」

時田さんは口ごもることなく、以下のように話を進めていった。

岩手県は広い。賢治の時代には岩手の農村として一括りにするよりも、一つの集落または村をみつめた人が多いはず。賢治はさらに異なる視点から世界を見ようとしていた。当時の農村には活気もあった。国を支えている誇りを農民は持っていた。勝山号の育った江刺地方、地元の岩谷堂町も賑わっていたと聞いている。

多くの道を舗装し尽くした現時点からの眼で、当時を想像されたら困る。農村は封建的で迷信に支配されていると見なすことには、いささか反発を感じる。
水沢出身者を取り上げてみても、斎藤実の他に高野長英《たかのちょうえい》と後藤新平《ごとうしんぺい》もいることをご存じだろうか。今後も語り継がれる人だろう。しかしそうであっても東京が偉い。地方は遅れている。歴史的に牢固として続いてきた東京中心主義は阿片である。今後もその見方は根絶されない。だが脱却への模索も続いている。そう言って、にこやかな表情になった。

「冷たいお答えになります。お尋ねの件は自分でさらに調べてみてほしい。全集を読破してください。この講座に参加できる高校生はその力を持っているはずです」

八五歳の淀みない応答に対して、何人もの受講者は敬意に満ちた表情をしていた。

「いや参りました。報告がまずかったから、すごい質問ばかり出たのね」

終了時間を三〇分も超過した中で、志乃先生の表情は喜びに満たされていた。

「勢いあまって娘時代へと三十数年戻ったような気持ちです。レジュメの最後を見てください。これで本当に今日は最後です。眼をつむって笑わないで聞いてください」

そこには賢治の詩が引用されていることを鉄朗は知っていた。

「志乃、朗読しちゃいます。いえ、詩の朗読をします」

若者たちは笑顔で反応した。高齢者たちは疲れていたのか無反応だった。

風ぬるみ　鳥なけど
うまやのなかのうすあかり
かれくさと雪の映え
野を恋ふる声聞けよ

白樺も日に燃えて
たのしくめぐるい春が来た
わかものよ
息熱い
アングロアラヴに水色の
羅沙を着せ
にぎやかなみなかみにつれて行け
　雪融の流れに飼ひ
　風よ吹き軋れ青空に
　鳥よ飛び歌へ雲もながれ
水いろの羅沙をきせ
馬をみなかみに連れ行けよ

「牧馬地方の春の歌」。志乃先生の朗読は、予想以上に朗々として艶やかだった。

幻の漫画家

週が明けた火曜日の夕方、家に着いてドアを開けると固定電話のベルは鳴り続けていた。あわてて受話器を取ると、啓子館長だった。鉄朗に電話したかったという。

知人からあすなろ文庫で引き取ってほしいと段ボール二箱の本を預かった。そのなかに見てもらいたい本がある。今週中に来てもらえないかという。

「今から行きます。僕もちょっと教えてもらいたいことがあるので」

鉄朗は電話を切ると、一冊の本を持参して自転車ですぐに文庫に向かった。勢い込んで到着すると、文庫には誰もいなかった。静かな一室に流れているのはなじみのある音楽だった。つい大机に突っ伏してしまった。

肩に痛みを感じた。自分に何かぶつかってきたことはわかった。思わず顔を上げると、あどけない男児がほほえんでいる。かたわらの若い母親は、お兄さんに謝るようにと息子に言いながらしきりに頭を下げている。

「お待たせしてごめんなさい」と啓子館長も入室してきた。

娘の入塾の相談にきた母と三歳に満たない男の子だった。机にうつぶせになって眠っていたのでちょっかいを出したようだ。いたずらっぽいその顔に、鉄朗は親しみを感じた。二人は絵本を見るために文庫に来たのだという。

啓子館長は何冊かの本を手にしていた。

「一冊は鉄朗君に見てもらおうと思った。昭和史講座とも関係ありそうだから」

机の上に置いたのは、内田靖夫《うちだやすお》『馬部隊』という本だった。

「何となくそそられるの。ちょっと見てくれないかしら」

書名から戦争と馬について描かれている本だとわかった。親しみやすい表紙の絵である。頁を繰ってみて驚かされた。すごい点数の絵を掲載している。

「この本、驚異的な絵の数ですね。漫画と普通の本の中間的なイメージ」

「そうなの。それにあとがきも気になったので、夫にも尋ねてみた」

画家岡本太郎《おかもとたろう》の父親である漫画家岡本一平《おかもといっぺい》の名もあとがきに記されているという。もしや岡本一平に師事した人ではないか。啓子館長はその可能性を旦那さんから指摘されたという。

「それは話の本筋ではないわ。誰のお弟子さんでもいいの。もし役に立つなら、この本を読んでもらおうと思って。遠慮なくどうぞ」

ぜひ読ませてくださいと鉄朗は頼んだ。とても読みやすそうな文体で、北海道から出征した著者の軍隊生活が描かれているようだ。この本についてはまだ講座でも紹介されていない。どんぴしゃりの一冊かもしれない。

鉄朗も持参した一冊を大机の上に置いた。啓子館長は表情を変えることもなかった。

「『君たちはどう生きるか』って本当にすばらしい本ですか」

啓子館長は、その問いかけに対して表情を変えることはなかった。

「中学生の時よね。この本一度読んだでしょ。最近もヒットしているけれど」

鉄朗はうなずいた。

「評価することも自由。疑問を感じるのも自由だと思うけど……」

「父はこの本を読んで、けなしまくっていた」

「え、何で。どこが気に入らなかったのかしら」

「タイトルからして上から目線だ。銀行の重役の家には、何人もの召使いという設定なのか。父が亡くなっても、ばあやと女中がいるのか。何という設定だ。気にくわない。内容も怪しい。ビジネスの世界では糞の役にも立たない一冊だって」

啓子館長は大笑いした。腹がよじれるほどの笑いで鉄朗に迫ってくる。爆笑で顔面が激しく揺れ動くと、年齢が若いのか若くないのかもわからなくなってしまう。

「そうよね。たしかに上から目線のタイトルだわ」

君たちはどう生きるか、君たちに伝えたい。こうした書名は通常は偉そうで使いにくいと啓子館長は語った。でもこの著者は特別のエリート。このタイトルで若い世代に向けて堂々と出版する力量を持つ人だと強調するのだった。

鉄朗は父の口調をまねてみた。

「銀行の末端社員は馬車馬のように働かされて、狭い部屋に暮らしてきたわけだ。戦前の銀行重役はこれほど豪奢な生活をしていたわけだ。けしからん」

啓子館長は再度高らかに笑った。その時、母親と幼子は帰ろうとしたので一度は冷静になっていていねいにお辞儀をして二人を見送ると、もう一度笑いはこみあげてくるのだった。

「それって激しいルサンチマンなのね」

「何ですか。その言葉」

「恨み。戦前の銀行の重役は恵まれすぎていたので強く反発したのよ」

「人畜無害で日頃はほとんど感情をむき出しにしませんけど……」

「でも人間は理屈ではわりきれない。つい思いを爆発させたんだ。でもね。鉄朗君。対照的なタイプの読者もこの本には多い。それも忘れないで」

その意味も鉄朗にはつかめなかった。対照的なタイプとは何なのか。

「内容を吟味する以前に、有名で立派だと思ってしまうタイプの人。この本の著者は傑出した知識人。戦争とファシズムに抵抗して投獄されている。心から尊敬している読者は数多くいる。崇拝されている人なの」

「たしかに、どこかに投獄について書かれていました」

「お父さんの読み方はやはり間違い。内容よりも設定への怒りを爆発させる。でも中身を問わない崇拝も困る。じっくり読んで尊敬するのはすばらしいけれど……。再読してどうだった？」

「お説教的な文章もあるけど、人間の生き方の根っこを問いかけていると思った」

「今回気づいた点や疑問点はなかった？」

「日中戦争が全面化する年の刊行なので、戦争への批判を書けなかったことが一点。もう一点はオーストラリアの牛から粉ミルクが日本に来るまでという話題はあるけれど、動物も自然も農村もあまり描かれていないのは意外だった」

「さすが鋭い指摘ね。でも一冊に何もかも盛り込めない。その本で最も魅力ある点を評価したり批判したりする。そのように向きあってみたらどうかしら」

「この本の魅力的な点って、『網目の法則』ですね。父にその点を質問しました」

「あらすごい。それでどう答えた?」

「理屈の上でそれを否定するつもりはない。人間の社会を歴史的構造的に見ていく時に、生産関係という網の目は社会の岩盤に位置している。でも比喩的に言えば、土砂崩れや洪水に匹敵するようなトラブルにも直面して、銀行員は日々苦闘している。仕事とはもっと地味で実務的だ。我々は大地の上で仕事をしている」

この点について真摯に答えてくれたことを鉄朗は滑らかな口調で報告した
「すばらしい。ちゃんと核心部分を論評している」

啓子館長は語った。経済の理論は自分にはよくわからない。でも一九三七(昭和一二)年に刊行された意義は理解できる。お国のために死ぬことを讃えていた時代。女性は男性よりはるかに差別されていた時代には封建的な道徳観、忠君愛国的な意識ばかり強調されていたという。

でもこの本は全く違う。欠点を指摘するのは容易だろう。でも人間と社会とのかかわりを考える第一歩として、今も大事な本に違いないと語るのだった。

「でも何という偶然でしょう。さっき届いたばかりのご案内よ」

啓子館長は鉄朗に一枚のチラシを渡してくれた。一二月初めに市内で、この一冊を大学生と四〇年も学び続けてきた大学の倫理学の先生の講演会があるという。


夕食後に鉄朗は『馬部隊』を読み始めた。戦時用語が頻出するのに、一気に読ませる力を持っているのは不思議だった。北海道で官吏だった著者が電話で召集令を受ける場面から物語は始まる。出張先でビリヤードのプレー中だった。宿泊先の旅館での壮行の宴、入隊に向けた車中での多くの乗客の励ましも描かれている。

一銭五厘《りん》のハガキで出征するとばかり思っていた。鉄朗にとっては冒頭から意外な展開だった。同期九名は軍装品を必死にそろえて、群衆の溢れかえる駅から出征した。上海派遣軍病馬廠《びょうばしょう》での勤務が全員に命じられていた。貨物船を改造した船に多くの人馬を載せて船は進み始める。長い船旅の中で窮屈さに耐えかねた馬たちの喧嘩する様子。船内に充満する馬たちの匂い。体調を崩した馬たちも描かれている。

船は揚子江から黄浦江《こうほこう》へと入っていく。上陸時にウインチ（巻き揚げ機）で吊り上げられている腺疫馬《せんえきば》の姿。感染症にかかっていて黄色の鼻汁を垂れ流していた描写にも迫真力があった。ウインチも腺疫馬も耳慣れない言葉である。辞書も必死に調べながら読み進めていった。

冷え冷えとした中国大陸の原野には病馬廠が何棟も開設されていた。部隊での行動が不可能になった馬は餌を与えられて戦場に遺棄されていたという。こうした馬や中国側の馬を七〇頭も収容して回復をめざすのが病馬廠である。

平明で達者な文章はもちろん、絵の魅力に引き込まれていた。先回りして挿絵の数を数えると、約一七〇という驚異的な数だ。

病死する馬や敵弾に傷ついた馬は多い。激務の中で力尽き泥濘《でいねい》の中に倒れた馬はさらに多かったという。最も多い鞍傷《あんしょう》は馬装具との摩擦で生じているただれ。輜重駄馬に多かった。皮膚が破れ肋骨が露出している場合も多かった。腺疫や疥癬《かいせん》などの伝染病馬もいた。湿疹は重篤な場合のみ治療された。

獣医官は喧噪にあふれた中で治療に当たり、兵士たちも栄養を与え、治療道具が不足する中で簡単な治療を施して夜中まで働き続けた。重傷馬が回復すれば皆で喜びあった。回復馬の前線への輸送も試みられていた。

ある秘話も紹介されていた。部隊一の暴れ馬にかまれ蹴られ翻弄されていた兵士が、「カムケル」と命名して徹底的に面倒をみたら、この馬はすっかり懐いてきたのだ。この兵士がそばを離れるだけで寂しさから嘶くようになった。戦場でケガをしたカムケルは夜通しの看病で奇跡の回復を果たしていく。


鉄朗にとっては新鮮な描写ばかりだった。戦場体験には現地住民との交流もあった。住民への偏見と抗日闘争への恐怖も正直に書いている。芸達者ぞろいで爆笑続きの慰労会。馬と自動車の優位性についての議論。単調な毎日のようでいて、この部隊も揺れ動く日々を送っていた。

激しい戦闘と無縁だったこの部隊も、後に中国軍の猛攻を受け始めた。南京事件とほぼ同時期の一部隊を見届けて、著者は帰還することになった。


映画やテレビの戦争と、なぜこの一冊は印象が異なっているのだろうか。鉄朗はそれを考えてみた。敬礼、行進、ビンタ、戦闘、戦死という場面の急展開ではない。時間の流れは緩慢である。馬を扱う後方部隊で獣医として下士官を従えているのが著者だった。

上官から私的制裁を受ける場面は登場しない。家族への懐旧の情で心乱れる兵士はいても、恐怖によって精神を病んだ兵士は登場しない。馬もそうだ。連日多数の馬は死んでいく。でも恐怖にさいなまれて発狂した馬はいなかった。弾丸が飛びかい、血の海のなかで横たわる仲間を見ながら馬は何かを考えられただろうか。その思いは鉄朗の心に残った。

講座に参加していなければ、永遠に出会わなかった一冊である。あとがきを読むと難産の出版であったことがわかった。漫画家岡本一平のみならず、徳川義親《とくがわよしちか》（侯爵・貴族院議員）や鈴木庫三《すずきくらぞう》（陸軍少佐・情報局情報官）という著名人の応援がありながら日本有数の出版社は本書の刊行に踏み切らず、四年間も同社で放置されてから小出版社での刊行となったという。

著者は画家・漫画家としては有名にならなかったようである。ただ北海道のばんえい競馬の生みの親の一人として献身したことをネット上で確認した。鉄朗には大いなる驚きだった。

著者の人生は楕円球のごとく弾んだのだろうか。戦後はどんな絵を描き続けたのだろうか。

どんぐりの森

一一月一六日、鉄朗は思い立って芽香からの誘いに応じてみることにした。

芽香の家の近くに照明設備の完備したグラウンド等がある。ここで一緒にジョギングをしようと何度も誘われていた。土地勘のない場所、自転車で三〇分もかかるグラウンドに向かった。

この間も二日に一度はメールを送ってきていた。独り言のような内容も多かった。対応を誤って、好意があると誤解されてはいけない。毎回は返信しないようにしていた。

今回もジョギングに誘っただけではあるまい。勉強と読書の成果を誇示したいのだろうか。相手役になることは苦痛であるが、好奇心も皆無ではなかった。

六時を過ぎて照明はグラウンドを照らし出していた。友人だという女子高生も一緒だった。小柄でがっしりした印象の彼女は、大きなバッグを抱えている。茂野《しげの》さんという同級生だった。三人で柔軟体操をした上で、ゆっくりと走り始めた。

雰囲気のよいグラウンドである。周囲の木立は厚みを持っている。照明も行き届いているが、人工的な空間ではなかった。グラウンドの周囲がジョギングコースになっている。

アンツーカーやアスファルトと違って、土の上を走るのは心地よかった。感触はまるで違う。足の裏で大地を感じられるのは心地よい。二人の走力にも驚かされた。四周したところで「ラスト一周」と芽香は声をかけてきた。あれもう終わりかと思って二人を置き去りにしようと試みた。全力を出したのに、二人は余裕綽々《しゃくしゃく》で並走している。悔しさの残るゴールとなった。

「久しぶりの運動でしょ。無理しないでね」

満面の笑みに不自然さを感じても、まずは呼吸を整えることが先決だった。

茂野さんは無造作に置いたバッグに駆け寄ると、楕円球を手にして戻ってきた。

鉄朗は思わず大声を出しそうになった。木曽馬タイプの茂野さんはラグビー選手だったのか。練達のスクラムハーフのパスモーションで投じられたスクリューパスは見事な回転で芽香の胸元に吸い込まれた。理にかなった捕球にも驚かされた。

「何なんだ、このプレーは」

芽香をにらみつけると、芽香も腰の入ったパスを茂野さんに返して見せた。

「さあ鉄朗君も行こう」

得も言われぬ叫びと茂野さんの声は一つになった。茂野さんはグラウンドの中心を小刻みなピッチで走り始め、ストライドの大きな芽香も並走した。条件反射で鉄朗も走り始めた。

三人のランパスが始まった。鉄朗はもう抵抗しなかった。距離を広く取ってのパスは難しい。滞空時間の長いパスが胸元に収まる瞬間に妙味を感じられる。試合ではまずありえない大きなパスモーション、風が強い中ではコントロールにも苦慮する。二人とも躍動感ある走りだった。

次の一往復ではキックからスタートして、パスを回していった。芽香が左足でも蹴れることに驚かされた。キックのポイントも安定していて、蹴り損ねなかった。茂野さんはより長いキャリアに違いない。ハーフらしい視野の広さを持っていて、指示も的確である。

うっすらと汗ばんできた。久しぶりの感触につい溺れてしまった。

グラウンドに二十数人の集団が入ってきていることに鉄朗は気づいた。奇妙な集団。男女混合で年齢層も高校生から大人ときわめて幅広く、服装もまちまちだ。何とジャージ姿も多い。楕円球とタックルバッグも運び込まれてきた。

「どんぐりラガーの練習が始まるわ」

茂野さんに尋ねると彼女もその一員だという。入部希望者のために自分は芽香に誘われて三〇分早くグラウンドに来たのだという。

謀《はか》られていたことをようやく悟った。思わず芽香につかみかかろうとした。

「ラグビーをやっているなんて一言も言わずに、だまし討ちか。卑怯じゃないか」

「何言ってるのよ。一生懸命走っていたじゃない。誰も無理強いなどしていない」

「ふざけるな。このカマイタチ女」

「大らかでないから、あなたは魅力がないといわれるのよ。拒否すればいいじゃないか」

芽香のウェアーの襟元を片手で強く引っ張ろうとした。芽香は腕を払いのけて鉄朗を突き飛ばそうとした。二人は一瞬もみ合った。

「止めて。グラウンドでチワ喧嘩などしないで。ノーサイドにして」

茂野さんの声は悲鳴と化していた。

(あれ、チワって何だっけ……)

その思いが頭をよぎった鉄朗の眼前に思わぬ人は出現した。

「久しぶりじゃないか。吉沢」

ジャージ姿の直沢先輩だった。

「チワッス」

昔の挨拶を大声でしてしまった後で、鉄朗は少し恥ずかしく思った。

二学年上の主将だった直沢直哉先輩は、鉄朗が入学式前に練習を見学した際に、最初に言葉を交わした人である。傑出したリーダーシップで、個性強い同級生を束ねていた。学業も優秀でこの春から大学生になっていた。

大学ではラグビーと完全に縁が切れた。そのはずだったが、最近誘われてこのチームに選手兼コーチとして加わったという。学校にも勤務先にもクラブがない人。地域の強豪クラブには入れない人たちの吹きだまりだという。

柔軟体操は念入りになされた。ランパスで練習は開始された。全員がスパイクを履いていない。一日だけという思いで、鉄朗も加わることにした。

男女ともに初心者を含んでいるのは一目瞭然だった。キック、パスともにまだ心もとない選手もいる。落球も多く、フォローは遅れ気味だった。おおらかで型にはまらない雰囲気を感じていた。

「どんぐり。ファイト」

その声に応じるのも数人で、一丸となっている雰囲気ではない。

「鉄朗、行くぞ」

直沢先輩と何度も同じ組でランパスをした。その走る姿は高校時代と変わらない。美しい走法ではなくても力感にあふれている。

風が強まってきた。追風は風の後押しで走りやすいが、パスは乱れやすくなる。向かい風も難物である。風も計算した上で完璧なパスを投げる先輩はさすがだった。

タックル練習の時には、鉄朗はタックルバッグを抱えた。熟練者の中には強烈なパワーを持つ選手も何人かいた。あごを出してリタイアするベテランもいる。男女別に分かれての練習では、直沢先輩が女子のコーチを務めていた。

鉄朗も久しぶりのタックルに挑んだ。身体が空回りする感じもある。ずしりという重みに欠けている。微妙な違和感はぬぐいされない。

タックルの基本姿勢は定まっていない。パックも意識されていない。このチームにはそのレベルの選手も少なくないようだ。鉄朗の観察眼だけは健在だった。

「高校に部はないんですか」

長身の同年代の選手が声をかけてきた。四カ月前に退部して、今日は練習を見学しにきたと返事した。にこやかな応答がなされた。

「一〇年前に廃部した学校なので、あちこちで練習してます」

気の良さそうなこの高校生は、両足でキックを蹴れるのは貴重だと鉄朗を評価してくれた。

「コンビネーション」

練習の最後は二手にわかれて、コンビプレーを開始した。タックルは禁止。相手を捕まえた時点で攻守入れ替わるというルールだった。両チームとも一三人しかいない。Bチームの司令塔は芽香、ハーフは茂野さんである。鉄朗は12番に入った。

Aチームスタンドオフの直沢先輩にパスがわたった。大きなキックモーションで高い弾道のキックが蹴られる。「オンサイド」という声でAチームバックスが殺到するはずだった。

次の瞬間、予想は大いに裏切られた。ハイパントを追走する一群は厩舎から放たれた馬たちのように走り出した。悦びを全身に表現している。

「ホイサ、ホイサ、ホイサ」

「ハアー、コリャコリャ、コリャコリャ」

盆踊りのようなかけ声を発しながら、喜々とした表情でダッシュしている。滞空時間の長いキックを追いかけて、捕球したBチームの選手に数人で飛びついていく。思わぬ展開に吹き出してしまった。こんなキックの追走はあるだろうか。

だがこの戦法を何度も繰り返している。チームの攻撃の軸なのだろう。この戦法で勝負するという気迫が伝わってくる。鉄朗も何度かキックを捕球した。

プレーが一瞬途切れた時に、茂野さんに尋ねてみた。

「なぜ盆踊りみたいな声を出すの」

「私もわからない。このチームの伝統らしい」

寡黙なプレーはこの競技の特質。こんなプレーは笑われないだろうか。旧世代のラグビー関係者は怒るかもしれない。

一時間半ほどで練習は終わった。悲壮感に満ちあふれていない練習は新鮮だった。


直沢先輩に挨拶に行った。

「はちゃめちゃな練習に見えただろう。どうだった」

「ハイパントは驚きました。ホイサとか、なぜ盆踊りみたいに叫ぶんですか」

直沢先輩は思わず苦笑した。

「俺も最初はびっくりした。でもあの一瞬だけだろ。自由になれるのは」

鉄朗にはまるで理解できない。一瞬だけ自由ってどういうこと？

「ハイパントを相手が捕球するまでは、攻撃側は無心に走ればいい。楕円球が空を舞っている時にはミスもありえない。誰も重圧を感じる必要はないじゃないか」

鉄朗にもそれは理解できる。ハイパントの一瞬だけは異なる時間が流れていることを。直沢先輩はこのクラブの創始者から次の話を聞いたことがあるという。

「俺たちは緊張し続けて金縛《かなしば》りになる。ミスの連発で意気消沈する。もっと自由奔放に楽しむんだ。ハイパントだけは自らを解き放って、伸びやかに追走しよう」

このコリャコリャ戦術は、チームにとってのおまじないだという。滞空時間の長いパントを蹴れる選手がいたので、ハイパントを攻撃の柱としてきた。この戦法からボールを奪取して、密集戦を基点にしてトライをめざすという。

「レフリーに何か言われることはないですか」

「練習試合では大丈夫だった。でも先日のクラブ大会ではレフリーが首をかしげていた。ハーフタイムに主将は指示を出した」

鉄朗が驚いて眼を見張ると、直沢先輩はもう笑いをこらえられなかった。

「コリャコリャだけではダメだ。タックルで身体を張ろう。キャプテンは全員に伝えたんだ」

その直後、ゴール前に攻めこんでの味方ボールのスクラム。絶好のトライチャンス。スクラムトライを狙える場面で予期せぬ事態になったという。

「スクラムの支柱を務める3番は初出場の高校生。相手と組みあった瞬間に、大声で『コリャコリャ』と叫んでしまった。次の瞬間、スクラムは崩れてこちらがペナルティーを取られた。その一言で両チームの第一列が爆笑するはずはない。低すぎる姿勢のせいだと思う」

直沢先輩は真顔に戻って、レフリーの対応を紹介した。キャプテンと3番を呼んで、競技規則上の問題はない。その一言でスクラムが崩れたわけではない。でもそれほど盆踊りが好きならば、ジャージを脱いで浴衣に着替えるしかないとユーモラスに二人を諭した。本人は落胆していたという。

鉄朗は気の毒に思った。試合中の興奮であらぬことを口走る経験は誰にもあるはずである。

直沢先輩はさらに思いがけない話題を紹介した。

「このチームへの取材依頼があるんだ。有名人はいない。何ら注目される要素はないのに」

その依頼は奇妙だという。ユニークな選手はいないか。このチームで出会って結婚したカップルや、不良少年を経てラグビーに熱中している選手はいないか。

ある角度から人間を描く。その手法で無名のチームをみつめようという取材らしい。

「何がセイイクシだ」

直沢先輩が語ったその言葉は、鉄朗には理解不能だった。生育史という漢字を教えてもらって、初めて生い立ちに関わる語だと理解できた。

「プレーではなく人間に光を当てるんですね」

「理解はできる。でもスポーツならば感動を与えられるという期待を持ちすぎる」

先輩は憤慨するようでもあり、納得したようでもある。

「ラグビー以外のプライバシーに介入しない。個人的に親しくなるのは自由だけどね」

「なぜどんぐりラガーという名前なんですか」

「どんぐりは生で食べられない。煮ても焼いても美味しくないはず。それで結構だ。底辺のチームとして頑張っていく」

チーム発足時の志は継承されているらしい。クラブ結成から一〇年経てば、引退した選手も数多い。でもチームは今も存続している。

二〇〇三年のトップリーグ誕生。二〇一六年からはスーパーラグビーへの参加という壮挙を日本ラグビー界は実現できた。ワールドカップは目前に迫っている。

でもその舞台に登場できるのは、この国の最高レベルの選手の中でも一握りだ。普通の市民はラグビーにどう関わっていけるのか。それは今後も問われていくと直沢先輩は語った。

「このグラウンドは素敵な雰囲気ですね」

「シャワーも更衣室も遠いし、スパイクも使用不可だけどね。長らくうらぶれていた場所を改造してグラウンドになった。大昔は緑なす牧だったらしい」

牧という言葉に鉄朗は聞き覚えがある。その話題に触れようかと思った時だった。

「鉄朗、また一緒にラグビーやらないか」

直沢先輩が一年半前と変わらぬ口調で語った。鉄朗は軽く頭を下げた。

「先輩にご挨拶もしないで申しわけありません。六月で退部しました。もう二度とラグビーはやらないことを決心していました」

情けない声になっていることを自覚して、末尾だけ声を大きくした。

「退部したのは聞いているよ。馬鹿なこと言うなって。退部しようと、ラグビーと無縁になろうとも、かつて同じ志を持って苦しみを乗り越えてきた仲間だ。なぜそれを忘れられるのか」

「……」

「また会おうよ。ラグビーに復帰しなくてもいいさ。鉄朗の道を意気揚々と進め」

直沢先輩はそう付け加えて、ジャージ姿で引き揚げていった。

初対面の時の直沢先輩は、磨き抜かれたスパイクが目立っていた。今日はさえないアップシューズでも雰囲気は変わっていない。もし直沢先輩がいなければ、斎藤さん神田さんという二人の素敵なマネージャーがいなければ、一年数カ月ラグビーを続けることもなかっただろう。鉄朗には忘れられない三人だった。

芽香と茂野さんの二人はまだグラウンドに残っている。夜空に向かってパントを蹴り続けている。横からの強風が吹いているものの、茂野さんのスクリューパントの弾道が見事だ。頑丈な腿《もも》から蹴り出される楕円球の安定した軌道。

それを追い続けている鉄朗の視線は照明と何度か交錯した。光に刺激されたのかもしれない。かすかに涙腺のゆるみを感じていた。

夢の途中

五日後の水曜日、試験前一週間はクラブ活動が中断されるので、この日の校庭には運動部員の姿はない。授業が終わった後に、芽香を誘ってベンチで話すことにした。

朝からほのかな驚きと出会うことができた。先日のグラウンドを市のホームページで調べると、あの場所は千年以上前から、関東大地に点在する牧の一つだった可能性があるという。

牧という語を辞書で調べた。馬城という字も使う。牧場のこと。馬などを放し飼いにする。源氏物語にも出てくるらしい。古代から全国に、とりわけ東日本には多くの牧があったという。

あのグラウンドの千年間の来し方は調べられない。長らく平凡な公園だった。最近になって自然環境を活かしてグラウンドと周囲のジョギングコースを整備したのである。

「コリャ、コリャ、ホイサ、ホイサ」と楕円球を追っていたラガーには縁遠い話題だろう。でも思いがけないことを知って、鉄朗は嬉しかった。中世に溯《さかのぼ》れば、馬たちが走り回っていた地は全国に数多く存在しているという。そんなことを誰か意識しているだろうか。多くの人たちはそれを知らずに日々を過ごしているに違いない。

一一月下旬にしては暖かいこの日は、ベンチでの会話に好都合だった。

「どういう風の吹き回しなの。どんぐりラガーに入りたいとか」

期末試験の準備で寝不足なのだろう。芽香は眠そうな顔をしている。

「ダッシュすると爽快感があったでしょ。タックルまでやるなんて」

先日の練習について、予想通り水を向けてきた。

「なりゆきでね。つい熱中してしまった。一日限りだよ」

「私のプレーはどうだった」

「パスもキックもセンスある。ラグビーに本当に向くかどうかはわからないけど」

「なぜわからないの」

「団体競技に絶対に向かない性格だよね」

ケガの危険性もある。もっと向いたことはあると言いたかった。

「この前はウェアーまで強く引っ張った。脱がそうとしたから、一〇分間の退場よ。でも私のこと心配してくれるなら嬉しい。私に向いていることは何かな」

「むずかしい本を一気に読める能力を活かす仕事とか……」

進路とどう関わるかは、鉄朗には皆目検討がつかなかった。

「もう一度スポーツに挑戦したかった。将来の夢は別にあるから心配しないで」

「将来の夢って……」

「何だろう。お嫁さんかもよ。やっと私を意識し始めてくれたんですかぁ」

おちゃらけて機先を制しようとする。そんなつもりはない。鉄朗は懸命に否定した。

「それじゃなぜ呼び出したの。何か言いたいことがあったの」

「才能はすばらしいよ。あのキックを見ても一目瞭然だ。でも団体競技はチームへの貢献を優先して個人を抑えなければならない。結構しんどい」

「後悔しているのね。あなたの一年数カ月、無駄だったと思っているわけだ」

「いやそんなことはない。でも女子ラグビー界も群雄割拠。どんぐりの背くらべ状態で才能ある選手は多くいる。その点カマイタチを語る情熱なら、余人をもって代えがたい」

「何よ。カマイタチ論は豹変しまくっていると批判した人が」

　退部したバスケット部も、先輩と衝突したわけではない。週の大半は習い事をするから続かなかったと語った。その点でどんぐりラガーは過ごしやすい。寄合所帯でゆるやかにつながっている。練習日数も多くないので束縛を感じないという。

「スポーツで免疫や抵抗力を養うのは将来役立つ。実社会は苛酷だからとパパも話しているわ。会社は上意下達《じょういかたつ》の集団。目標達成のために、上司は部下を詰めまくる」

「詰めるって。将棋とは関係なく……」

「ごく一般的な言葉。恫喝されて、ノイローゼになる人も多かった。パワハラとして認定され始めたのはごく最近。落伍した人は切り捨てられるだけ」


　企業の経営診断をする会社で父は働いているという。個人と集団との緊張関係は会社はもちろんすべての現場で問われているという。

「上意下達が今や時代遅れなのは明らか。でも一人ひとりの主体性でフル回転できる組織になる道筋は誰も示せていないって。それは見果てぬ夢だということ」

　踏み込んだ話を父から聞いているようだ。偏差値エリートだから創造性と主体性を存分に備えているとは限らない。多くの企業では人材不足に悩んでいる。経営は順風満帆でも、人材不足という点で瀬戸際に立っている組織も多いことを父は話してくれるらしい。

「昔と違う点は、群れたがらない人はますます増えている。それを無視して会社運営は不可能。でも組織に求心力は不可欠だ。そこにジレンマはあるらしいの」

単なる父の受け売りだろうか。芽香なりに咀嚼しているようにも思える。

「人間は怠けたがる動物。集団の一員として、鞭で叩かれれば走り出す人も多いから」

たしかにこの説明なら、鉄朗にも理解できる。

「競馬場の熱狂ってすごいじゃない。何なんだろうと思う。もちろん馬券のため。お目当ての馬に願いを乗せてゴールへとなだれ込む。でも結構まともな動機だよね。お国のために死ねといわれた時代よりもずっと。ギャンブル依存症は要注意だけど」

「戦時中も競馬は続いていた。ほとんど中断していない。大切な馬事文化だったから」

「さすが勉強家は違うね。でも最近は競馬場が違う光景に見えてきた。第四コーナーからゴールへの熱狂の背後に隠されたものはないか……。人間は自由自在には生きられない。どこに行ってもどんぐりの背くらべ。容易に自立できず、同調圧力から自由になれない鬱憤《うっぷん》を持ち続ける。それこそ大観衆の姿なの。だからこそ馬群から抜け出してきた姿に喝采《かっさい》を送るのだと思う」

「それってオリジナルはお父さんなの」

「失礼ね。私のオリジナルだもん。その程度なら誰でも思いつくわよ。でも現実は何十年も何ら揺らぐことはない」

「時々お酒が入ると、両親は賢治一本勝負を始めるわ」

「何それ……」

「父は宮沢賢治を心から愛してきた。今でも本心は変わらないはず。でも最近では強く反発してみせる。とくに『世界がぜんたい幸福にならないうちは個人の幸福はありえない』という一節を蛇蝎《だかつ》の如く嫌っている」

鉄朗は胸騒ぎがした。その一節はよく知っている。芽香はすくっと立ち上がった。もう逃げられなかった。周囲を見渡しても、幸い誰も近くにはいなかった。

……おーい。天才で努力家でど阿呆の賢治。

時間をかけて、あなたの本を読み続けてきたよ。だけど『世界がぜんたい幸福にならないうちは個人の幸福はありえない』という一節だけは認められないぜ。夢想そのもの。世界革命論にも直結する妄想だ。さすがにファシズム教団の国柱会に傾倒し、無産政党の労農党にも親近感を持った人。振幅は大きいようで一貫している。

世界中が幸福になりうるとの夢物語で民衆を迷わせていいのかい。われらの社会観とはかけ離れているんだよ。努力したら幸せをつかめる。がんばれば足元の現実を変え、貧しさから抜け出せる。その思いを抱いた兄弟姉妹は支えあい、どの家庭も豊かさをめざしてきた。競いあいながら、一歩ずつ豊かさを勝ちとってきた。

物作りのセンスと情熱。その点で世界のどこの国にも張りあえた日本。その努力で戦後の貧しさから現在に至っている。この社会は夢想を拒否して今に至っている。

あなたを尊敬するからこそ批判する。……我々は宮沢賢治を批判し続けなければならない。

それを否定する蛮勇を持ちつづけたい。

父の悲憤慷慨《ひふんこうがい》が乗り移ったかのように芽香は熱演して、鉄朗の耳元でささやいた。

「父は岩手県人。子ども時代から賢治を愛読して主要作品をそらんじている。今でも膨大な賢治関連書を読んでいる。それは賢治愛一色だった少年期に復讐するため。賢治ファンなら卒倒してしまうような罵詈雑言《ばりぞうごん》ばかりよ」

「なぜ賢治に逆恨みするの」


その問いかけには応えず、一転して毒々しい声色は響き出した。


嗚呼《ああ》、何百回同じことを語れば満足するというのか。この口先だけの唐変木。

真実は一つ。賢治と貴方は月とすっぽん。何回暗唱しようとも、あの作品はあなたにとって豚に真珠なのよ。美しい妄想ですと。何をか言わんや。はっきりしているのは、創造者と口舌《こうぜつ》の徒との壮絶なる落差。

あなたが妄想で手にした者は私だけ。私を口説いた時には、『銀河鉄道の夜』を諳《そら》んじていたことを忘れたのか。健忘症。こんな男だと最初からわかっていれば……。

究極の体制擁護派で日本経済礼賛バカ。ということは、現政権のポチじゃないか。こんな男と夫婦やっていられるか。


芽香がまた耳元でささやく。

「罵倒した上で、母は天真爛漫になってアリアを口ずさむわけ」

「お仕事は何をしているの」

「主婦よ。学生時代演劇部で今も意識は女優のまま。妄想癖もすごい。本当に疲れる親でしょ。『風の又三郎』バージョンと『銀河鉄道の夜』バージョンもあるのよ」

ラグビーはプラスにならない。女優修業を一日も早く本格化せよと日々迫られているという。

「あんなスポーツは吉沢君にやらせるべき。早く止めなさい。その一点張り。ごめんなさいね」

耳を疑う一言を発するのだった。

「でもね、母は鉄朗を評価しているわ。何の思索もできない男と親しくなっても芸の肥やしにならない。せめてあの線はキープしておけって」

鉄朗は思わず身体を強張《こわば》らせていた。

「私の性格は母譲りかもね。賢治一本勝負ってじゃれあっているだけ。両親とも弁は立つが、無責任で怨念と思いこみばかり強い。何を言われても馬耳東風。実は二人とも選挙に行ったこともないはず」

二人で大笑いしてしまった。鉄朗もつい芽香の土俵に乗ってしまった。

「今の役柄で女優として売り出せるかな」

「そうよ。元天才ラグビー選手、カマイタチにもくわしい個性派女優というキャラに似合っている役かもしれない」

この個性と身体のたくましさゆえに、美少女としてのデビューは無理。奔放な荒馬女優としての可能性に賭けると芽香は語った。両親からの強い影響を受けている娘として、まざまざとその姿を感じとった。

「さあ試験勉強でもするか」

つぶやいた鉄朗は立ち上がった。牧について語れる場ではなかった。

期末試験が終了した一二月一日は土曜日だった。夕方、母の携帯に緊急連絡があった。鉄朗の中学時代の同級生である岩下《いわした》君のお母さんからだった。お宅のお父さんが公園でうずくまってうめいている。充電していないのでもう電話は切れてしまうけれど、早く迎えに来て……。

そこで電話は切れてしまった。かけ直してもつながらない。二〇分ほど前にジョギングに出かけたばかりだが、体調が急変したのだろうか。鉄朗がすぐに自転車でかけつけることにした。心臓か脳がダメージを受けている危険性もゼロではない。もしもの場合には救急車を呼んで、こちらにも電話するようにと母から指示を受けた。

ジョギングコースは四キロ程度で前半は上り坂が続いていた。何度も一緒に走ってなじみはあるコースを全速力で進んだ。コースの真ん中付近で前方を見渡した時に、道路脇の公園で手を振っている父の姿に気づいて、急ブレーキをかけた。快活な様子である。そばに岩下君のお母さんも付き添っている。

「何だ。何でもないじゃないか」

思わず発してしまった一言に、残念そうに言うなと父はほほえんだ。太腿の激痛を訴えていた。またもや肉離れなので心配不要と母に電話した。

岩下さんは救急車を呼ぼうかと提案してくれたが、父から制止されたという。恥ずかしくて救急車など呼べない。息子の肩を借りて家に帰りますと言ったらしい。

岩下さんに御礼を言って、二人乗りで家まで連れて行くことにした。その途中でも父はうめき声を発し続けていた。

「これで二度目。この前は家だから運が良かった。今日みたいに外で大騒ぎされたら迷惑この上ないわ。この時間は病院もやっていない」

家に戻ってから、母の詰問によって肉離れに至る事情は明らかになった。ジョギング中ではない。二キロほど走ったから、公園で小休止をした。うら若い女性の二人連れがベンチに座っていた。魅惑的な二人を意識して、にわかに柔軟体操を始めた。全力で前屈した瞬間に、音をたてて筋肉が断裂したという。悲鳴を上げてその場にうずくまるだけだった。父に駆け寄ったのは二人連れの女性ではなく、愛犬の散歩で公園を訪れていた岩下さんだった。

実直に答えた父に対して、あきれかえった母の視線は注がれていた。そこにかすかな温かみが含まれていることを鉄朗は感じとっていた。


父の性癖について、母は日頃からこぼしていた。その昔に猛練習に耐えたという自信は足枷《あしかせ》として、今もまっとうな自己診断を妨げている。実力よりも高いレベルから始めては失敗の連続である。英会話、登山、釣りと無駄な出費は数えきれない。

二〇一九年、ワールドカップの日本開催の直前に現在の勤務先の退職が決まっていた。大会のボランテイアを務め、全国の会場も訪れたいという。どうせ実現不可能な強行スケジュールを組むに違いない。まともに相手にしてはいけないと母は聞き流してきた。


痛みに耐えかねながら、父は食卓にたどり着いてきた。風呂場で患部を冷やして、太腿用のサポーターに保冷材を突っ込むといういでたちである。

「ケガ人はお酒など飲めませんよ。若い女性を意識した罰当たりね」

父はそれを否定せず、加齢によって頭脳も筋肉も弱くなってきたとぼやくのだった。

「俺ももう若くない。来年の秋はワールドカップで全国の会場に行く。人生最初で最後のバカンスだ。鉄朗も行こう。もう気楽に観戦できるはずだ」

父はこの日本列島のラグビーについては無尽蔵の知識を持っている。

霜柱の上でスクラムを組み、耳がちぎれそうな寒風を突き破ってきた。ラグビー不毛の地でも困難を乗り越えてきた。国境線にこだわらないこの競技では、他国で代表歴がなければ日本代表になる資格がある。代表チームには三年以上継続して日本に居住してきた外国人選手も選ばれているのだ。今や女子チームの強化も進んで世界から注目されている。


「海を越えて押し寄せる。国の中からわき起こる」

ワールドカップに向けた自作のコピーを父は披露してみせた。

「ダメよ。長くて抽象的。洒落もない。ファシズムの到来みたいじゃない」

「ファシズムじゃない。ラグビーのポピュリズムだ」

「また理屈をこねて。よほど頑張らないと東京オリンピックの陰に隠れてしまうわ」

思いこみだけは強い人と母は吐き捨てるようにいいながら、今度は一転してラグビーファンを擁護し始めた。孤高を保ち続けている。ファンの数ではサッカーに大差をつけられているが、情熱とプライドは負けていない。

「でも六〇歳にしては清々しいわ。青春期の夢を追いかけて」

出会った時の父の頼りなさを、母はしばしば披露する。一世を風靡《ふうび》した女性トリオで誰のファンだったかと問いかけても、返事は返ってこない。しびれを切らして、誰なのよと詰問しても三人とも素敵だから「みんな大好き」などと口走った。席を立とうかと思った。だがその一点だけで拒絶するのは気の毒になって結婚に至ったという話である。

「六〇歳にもなって女性への妄想を持ち続けるのは最低よね」

ラグビー馬鹿でもいい。夫の肩を持ちたいと母は鉄朗に語るのだった。

「それって伯父さんのことだよね」

鉄朗の問いかけに対して、母は顔をしかめて親指を立ててみせた。

母の兄は父と同い年。幼い時から鉄朗にお年玉を奮発してくれた。小学校の大縄飛び大会で失敗して泣きじゃくっていた時に励ましてくれたのも忘れられない。

「兄さんと呼びたくないわ。頭まで肉離れしているあん畜生。昔は柔道に夢中で、今は妄想一直線。同窓会の一カ月前から興奮して夜も眠れないと抜かしている……」

最近もたまに訪ねてくることはある。母は最初から居丈高《いたけだか》になって、派手な喧嘩を始めるので、鉄朗も戸惑っていた。

「なぜそんなに兄さんに当たるんだい」

父も解せないという思いで語る。

「許せない。私の友だちにも迫ったり、手当たり次第に声をかけたりして」

「そんな年齢の女性に……」

あわてて同年齢の人かと聞き直した父に、二〇歳下のシングルマザーと母は説明した。

「独身同士だったら、責められないでしょ。まあわかるけどね」

「何がわかるのよ」

「いや独身者の事情ではなくて、君と兄さんとの間柄。子ども時代は本当に仲が良かったはずだ。

一度衝突してからは、愛が憎しみに転じてしまったということだよ」

父の語りは恬淡《てんたん》としていた。

「ノーコメントですね」

母の表情は一瞬、恥じらいに変わった。鉄朗は思わず提案した。

「そんなにエネルギーが強すぎるのなら、馬みたいに去勢したらどうなの」

三人の笑いは弾け飛んだ。

「お見事。グッジョブとほめてあげる。今の発言だけでも、講座に参加した甲斐があったわ」

母は鉄朗の首筋を撫ぜた。席を立って洗面所に行ったので父は鉄朗に向かって話し続けた。

昔は仲睦まじかった兄との関係はなぜ劇的に悪化したのか。人間を信じすぎる。愛着を持ちすぎる。それは間違いの源だ。愛が憎しみに転じていく。自分は誰に対しても適度な距離を保っている。過剰な愛と期待があるから他人と衝突してしまうのだ。


再び戻ってきた母の声は、また怒りの調子を帯びていた。

「鉄朗、この先お年玉あげると言っても、断固受け取りを拒否するのよ」

怒りはまたぶり返してきたらしい。

「違うでしょ。受け取り拒否ではなく、倍額にしてと言うべきだよ」

鉄朗の応答に反応することなく、母はおごそかに宣言した。

「鉄朗があんな男になったら許さない。もう叙情は捨て去る。テロリストになっても阻止するから」

鈍く光る母の眼を意識した。口先だけの冗談とも思えなかった。

「まあまあ。気分を変えるためにもそこで一首」

父はとりなすように言った。母はしばらく沈黙して唸るように詠んだ。

　色情魔は命賭けても阻むべし正当防衛息子思えば

歌のできばえに鉄朗は耳を疑った。主題も不明。多情である兄を阻むのか。息子が色情魔になることを阻むのか。誰に対する正当防衛なのか。正当防衛よりも先制攻撃のような響きだ。とっさに単語を並べただけの一首である。色情魔という語だけで、歌詠みからは侮蔑されるかもしれない。だが火に油を注ぐような問いを発せなかった。

父もこの歌の評価に立ち入らなかった。明日は休日診療の病院に行ってみるという。

自室に戻って、窓を開けて空気を入れ換えた。兄から勧められたマイルス・デイビスのCDを聴きながら鉄朗は考えこんでいた。

◯か×か。成功か失敗かという構図でこれまで物事を考えてきた。わかりやすい思考法である。だが愛と憎しみの関係性をその図式で捉えられるだろうか。両者は別々に存在してきた訳ではない。人間が人間をみつめていく。その一つの感情の来し方なのだった。愛は生まれ、その流れの果てに憎しみへという軌跡をたどるのだろうか。でも熱狂的なサッカーのサポーターの怒りは往々にしてわがチームに向けられる。強い愛と憎しみとは薄皮一枚で隔てられ、育まれている場合が多いのかもしれない。

母と伯父の確執は、いつ始まったのかを知らない。でも愛着と反発とは一続きなのだろうか。この間の講座でも印象的な場面を目撃していた。

前々回の自由討論で、教育勅語の話題になった。完璧に暗唱してみせたのは、八〇代半ばの上原さんという女性だった。一〇歳前後の記憶を保持していた。同じ日に軍歌であり国民歌でもあった「海ゆかば」の話題が出ると、歌詞を完璧に覚えているのはやはり上原さんだった。

「懐かしく思いますか。どんな思いでしょうか」

宮崎先生が問いかけたのに対して、全く表情を変えることはなかった。

「歌への恨みなどありません。でも少女時代には苦々しい思いばかり残しています」

上原さんは自分史など語ろうとしない。現政権を支持する発言にも、批判する意見にも一切無表情を貫いていることに鉄朗は気づいていた。少女時代に出逢い、人生の核としてきたものとは何か。戦争はどれほど身近に存在していたのか。何も語らない人だからこそ、鉄朗は想像してみるのだった。人は何に魅せられてある対象と親密さを築くのだろうか。竜巻のような衝撃力で一瞬に決まるわけではないだろう。

そう言えば上原さんは一度だけ気になることを語っていた。

「今の子どもたちはうらやましい。子どもが社会や政治にのめりこむ時代は好ましくない」

自らの少女時代を濾過した上での一言だろうか。トランペットの魅惑的な調べのなかで鉄朗は考え続けていた。


翌日の日曜日の夕方、『君たちはどう生きるか』についての講演会に参加した。市内の文化サークル、教育団体、宗教者たちによる共催だという。

倫理学を専攻する大学教授は、この一冊を四〇年間も学生と読んできた経験について講演した。初版本以降の版をすべて持ち、ゼミの準備で作成したノートも保存している。すべての根拠を明示しながらの話に鉄朗は驚かされた。

「網目の法則」以外にも同書で優れている点は多い。哲学史に燦然《さんぜん》と輝く偉大な思想家たちの仕事との対話を踏まえて書かれているという。この本を、自らの研究と思索を深める中で、たえず新たな角度から読み直そうと試みてきたのが、講演者の先生だった。その姿勢を保ち続けてきた点に鉄朗は驚きを感じた。

講演会が終了した後に、鉄朗は講演レジュメに記されていた『君たちはどう生きるか』を批判している本を読んでみたくなって、大型書店に足を運んだ。村瀬学《むらせまなぶ》『「君たちはどう生きるか」に異論あり！』という刺激的な書名の一冊を買い求めた。読み始めたら、鋭い批判の連続だった。心底びっくりするような一節も見出した。鉄朗にはとても理解できない点も多いので、年長者の意見を聞いてみたくなった。

翌々日、鉄朗は啓子館長に電話をした。用件を伝えようとしたら、明日から一週間留守にするので帰宅したら連絡してくれるという。

ダメ元で母にも水を向けてみようと思った。リビングで話しかけようとしたら、突然色紙を手渡すのだった。

「お母様からのプレゼントよ」

毛筆で歌を二首したためている。まさかと鉄朗は思った。

「もしや、この前の色情魔の歌じゃないよね」

「よく見なさいな。読めるでしょうが」

母はのけぞって大笑いした。

「頭に浮かんだ言葉を五七五七七にしただけよ。いつまでも責められたら堪らないわ」

母は達筆である。毛筆で流れるような字を書く。短歌の先生からも誉められたという。

霧しげき裾野を行けばかすかなる馬のにほひのなつかしきかな

山山はかすみて繞《めぐ》る今日はわれ畑を犂《す》くとて馬に牽《ひ》かれぬ

「だれの歌だか、おわかりかな」

馬の歌を詠む歌人って誰だろう。まさか自作ではあるまい。見当もつかなかった。宮沢賢治の若き日の歌だというので驚いた。童話は有名すぎるけれど、短歌については知らなかった。

「二〇歳、二一歳の頃の歌でしょう。見事だわ」

歌人として賢治を強く意識する人は少ないだろう。でもこれだけの歌を詠むセンスを備えていた。歴史に名を留める童話を書くのも当然だと母は語った。

「世の中には、畏敬の念を感じる偉才があまた存在する。多くの埋もれた才人もいる。どの時代にもきら星のごとき名歌。今さら何を詠めというのかしら……」

自分には名歌を拝借して、歌遊びをするぐらいで精一杯だと母は述べた。鉄朗から『君たちはどう生きるか』を正面から批判した一冊を手渡されて、母はただちに首を振った。

「だめだめ。こんな思弁的で哲学的な本は私には理解できない。啓子さんに相談してみて」

「母さんの得意分野は何だっけ」

「得意分野なんて何もないわ。一番得意なのはキャベツの千切り。でも孟母三遷《もうぼさんせん》という言葉は理解している。あなたに悪い影響を与えてはいけないという配慮と自覚はある」

鉄朗もその言葉を最近耳にしたことがある。でも意味をはっきりと覚えていなかったので、母に確認してみた。子どもの教育にとって望ましい環境こそ大切。それゆえ難を逃れようとして引っ越すという趣旨だという。

真顔で答えている母を見ながら、鉄朗は苦笑を禁じ得なかった。母はこの四文字熟語について教養として語ってくれたに違いない。滑稽に思えた。最近母の怒りを増幅させている伯父への対策として、この熟語では役に立たないではないか。たとえ引っ越しても伯父は親戚であり続ける。思いこみの強い人だから、どんな遠方でも訪ねてくるに違いない。孟母三遷の思いを胸に秘めて、色情魔の歌を詠んでくれた母の思いは限りない哀切と痛切を含みながら、ちょっとピンぼけのように思えるのだった。

群馬の一頭

一二月一五日。五カ月以上にわたった連続講座は最終回を迎えた。「再論・現代史をどうみつめるのか」と題して、今期の講座を締めくくる討論が始まった。今期最多の五〇人を超す参加者に鉄朗は驚いた。補助椅子も並べられている。ネット上で拡散されたのだろうか。

最初の発言者は元教員の女性だった。講座への疑問を一点だけ述べた。

「馬や農村を通じて、戦争と民衆をみつめたことはとても有意義。でも靖国派、右派史観の人たちも軍馬や軍犬をみつめている。彼らの戦争観は是認できません。なぜ靖国史観、大東亜戦争史観への批判を試みないのですか」

志乃先生はうなずいた。大東亜戦争という呼称とその戦争の実像について何度も確認してきたことを述べて、さらに言葉をつないだ。

「お国のために出征し帰らなかった人間と軍馬。銃後で献身して、戦後は遺族として耐えてきた人たち。その存在にまず正面から向きあうことを考えました」

戦後の教育を受けた世代も、学びと討論の場で主体的に戦争を学んだ市民はごく少数。その経験を積んだ上で、多様な歴史観を吟味していくべき。考える力を育むことが先決だろう。

宮崎先生も靖国神社の問題性と庶民の戦争体験について発言した。

「青森や岩手での調査でも、戦争体験の多様性について改めて自覚した。たとえば靖国神社を尊重しつつ、戦後平和主義の担い手でもある人たちの存在を考えてみました」

志乃先生は今期もとりあえずの一歩。史料と証言に基づき誠実に向きあうしかないと述べた。

「私の思いは、それはただ一つ。事実にこだわる。歴史は歴史として学ぶという視点です」

冒頭の質問者は再び問い直した。

「スマートな表現ですね。自虐史観と呼ばれるような歴史教育を避けたいという趣旨ですか」

「違います。先期は南京事件も中心的なテーマでした。加害の事実を掘り起こしてきた先人たちのお仕事からも学んでいます」

大学院生がその討論に加わってきた。昭和史を深くみつめて、善玉対悪玉という対決の歴史から脱却している点に共感すると述べた上で質問した。

「単刀直入ですが、先生は歴史修正主義を批判すると同時に従来型の平和教育や現代史像に強く疑問を持たれていますね」

「いやだ。国会で追及されているみたいね。従来型という発言をした記憶はございませんですよ。この七十数年の戦争への問いかけは膨大な地層として存在する。それを従来型と蹴飛ばしてしまうことは、歴史を学ぶ者として不誠実だと思いますよん」

軽妙な口調で返答するのだった。為政者の示す歴史像に批判的であるのは当然。学界での歴史像を問い直す努力も欠かせないと述べた。

高齢のインテリ女性、末吉さんはこの日も切り込んでくる。

「重要だと思うのは、なぜ馬を愛する優しき民はアジアの民衆を蔑視し、その殺戮に手を染めたのか。それを長期的な視点で解明してほしい」

「日清戦争とその後の展開はきわめて重要ですね」

宮崎先生はその指摘どおり、対外侵略や植民地支配の軌跡をもう一度みつめ直しているという。日清戦争後から中国人への蔑視は急速に強まった。一九二三（大正一二）年の関東大震災での朝鮮人・中国人虐殺は日清戦争における朝鮮各地でのすさまじい掃討作戦という加害経験と通底しているとの研究もある。学界ではこの主題についても長い蓄積があるという。

「心優しき民も戦場では残虐な兵士に変貌する。それは戦争の本質として多くの市民の共通認識になっていますね」

宮崎先生のコメントに対して、以前に斎藤実を論じた藤岡さんは反論した。

「それは不正確。市民は多忙につき戦争に向きあえません。自覚していない人の方が多い」

宮崎先生は恐縮した。教育・研究・報道・体験継承などで戦争に深く関わる人たちの共通認識と訂正した。だが藤岡さんは引き下がらない。

「馬を引っ張り出してきた動機とは何でしょう。侵略と加害の歴史を証言できない存在を今期のテーマに設定した理由とは。史料は存在するのか。証言をとれるのか。その一点が現代史の攻防戦の焦点であるのに、馬という頼りない存在を引っ張り出してきた。失礼な言い方だが、もしや作為的ではないかと思ったりする」

志乃先生の表情はにわかにきびしくなった。

「えっ、作為的とはずいぶんストレートな表現ですね。日本の加害責任を意図的に曖昧にする戦略。歴史修正主義にも親近感を持つ連続講座だという趣旨かしら……」

自虐ベースのギャグは、受講者の笑いを誘わなかった。志乃先生は藤岡さんをみつめた。

「はっきり言いましょう。馬は侵略と加害の現場を見ていたのですよ。人間よりもはるかに広い三五〇度の視野を持ち、匂いにも敏感な馬は戦場の悲惨さを知っていた」

先生の表情は毅然としていた。

「日中戦争やアジア・太平洋戦争の凄惨な戦場を知るのは人間だけではない。馬たちは耳をそばだてて鼻で異変を感じていた。傷つき倒れていく人馬を見ながら戦場で自らも死んでいった。その馬たちをどう受けとめられるのか……」

森田敏彦さんの渾身の一冊も紹介しながら、志乃先生は問題提起した。さらに匪賊《ひぞく》や馬賊として国内で報道されてきた中国人も馬と密接不可分の存在だった。日中戦争では双方が馬とともに戦ったのだ。以上の説明を受けて、藤岡さんは作為的という表現は不適切だったと釈明して、二人のやりとりは終わった。


地域の教育問題に関わってきた女性も発言した。格調高い討論に圧倒されたと述べた上で、若い世代にどう伝えていくかを質問した。

「我が子にはもっとさくっと、日本の戦争を伝えてあげたいと思います」

「さくっと報告、パクッと理解、ガラッと変わる歴史像。でも私では無理だな」

余裕綽々の様子で志乃先生は述べた。万人の感受性は多様である。本と史料は市民からまるで好かれていない。才能さえあれば、アニメや映画や小説も模索してみたかった。

戦争の真実をみつめる模索は未来永劫に続いていく。その流れに棹《さお》さし、流れを問い直す。ともに必要な視点だ。新たな水場を見つけたい。一滴のしずくの織りなすシンフォニーに耳を傾けたい。笹舟という言葉を使わずに先生は語った。

「すごく意欲的。でも盛り込みすぎかな。よりシンプルに内容をしぼってもらえれば」

退職教員の男性は発言した。この講座では学ぶ側も驚異的な勉強を求められるという。

「今のご批評、待っていました」

志乃先生は、盛り込みすぎは映画評などで自分もよく使ってきた。ただ適切な表現だろうかと最近は気になっている。映画や小説の価値もわかりやすさだけではない。理解不能、不安におののいていく過程も必須なのだ。

「理解できないからこそひかれる。ぜひ理解したいと思う時もあるわけでしょ」

わかりやすい現代史は無数に存在する。それに満足したい人を否定しない。メディアの戦争報道は巨岩の一角を描くという構図が多い。この講座ではもっと広角で対象に迫っていく、奥行きのある学びをめざしてきたという。

いまみつめているのは大海原のわずかな岩礁。いつか波にのみ込まれるかもしれない。そんな問いかけを持ちながら、学びの場を位置づけてみたいと語った。

ボードに何かを書き続けていた志乃先生は、下手な字ねと恥ずかしそうだった。

「この講座のコピーを考えてみましょうか」

個人の多様性を尊重する学びの場をつくろうと試行錯誤を続けてきた。もちろん内容こそ大事である。同時にこの講座を表現できるコピーも求められている。

ダジャレが好きなので、名著に便乗して「馬たちはどう生きるか」を考案できた。近現代史への誘いになるコピーとして七つを考案してみたという。

いま草の根のファシズムに抗う

個として輝いていた人びと――抑圧から解放へ
新たな戦後を拒む。あなたの眼、わたしの眼
大河を進む小さな舟。戦争の真実求めて
歴史観の押しつけを否定。開かれた討論の広場
あの人を忘れない。歴史探訪をともに
気分はまるで初恋。心さわぐ歴史教室

「こんなコピーでは学ぶ意欲がなくなるかしら。もっとセンスあるコピーを考えてみて」

受講者たちも食い入るような視線でみつめている。

「柔らかさとセンスを備えている。でもインパクトは弱いかもしれない」

元教師の男性はつぶやいた。

「先生ならばどうされますか」

志乃先生の問いかけに、質問者は口ごもった。

「いや自分はセンスが悪いので家族からも馬鹿にされ続けてきた」

「そこをぜひ」

志乃先生は食い下がった。一瞬の間をおいた上でその先生は読み上げた。


学界の至宝、最高峰の知性が市民の歴史意識を導く

志乃先生は司会者の大学院生にこのコピーへの感想を求めた。

「困りましたね……。完全に終わっちゃっています。権威主義で事大主義。選び抜かれた知性が種

を播《ま》けば、野菜は立派に成長するという楽観論。野菜の主体性を無視しています」

何人かは笑った。ユーモアもこめたきびしい批判に、発案者は表情をこわばらせていた。

「でもこのセンスも通用する時代はかつて存在した。その意気込みと緊張感を学界で共有していた時代は健全だった。今は学界と市民との巨大な隔たりを誰もが自覚している。はるか昔に状況は変わっていたのね」

志乃先生はそう語って、この講座は権威も知性もない者が講師を務めていると述べた。

「一番最後の、心さわぐって精神が高揚するという意味ですか」

女子学生は早口になりながら問いかけた。

「鋭いわ。このコピーにはその語釈もふさわしい。でも辞書的には少し違う。胸騒ぎがする。不安を感じるという意味。講座を始める時の私は、まさに心さわぐ心境だった」

陶酔や自己愛とは対極の問題意識。真摯で自省的な講座にしたいと思ったという。

「懐疑的な問題意識は孤立するだけです。この語は止めた方がいいですよ」

しんみりした口調で語る一参加者は、意外なエピソードを紹介した。心さわぐとの語を付した書名で憲法論を上梓した友人が、誰からも顧みられずに絶望して失踪。未だ生死も定かではない。その一件も含めて、お勧めできない語であることを語った。

「なるほどね、もっと明るく前向きで確信を持てるコピーが求められているわけね」

「そうですよ。藤村操《ふじむらみさお》じゃありません。誰もが自己肯定して人生を締めくくりたいのです」

この日珍しく黙っていた時田さんも思わず口を挟んだ。鉄朗は男女のいずれかも知らぬ、その名前をあわてて検索してみた。

「心さわぐという語が受けないことは理解できます。新鮮、発見、至福というイメージで行きたい。

でもストレートにその言葉を使うとセンス悪すぎますね」

司会者の大学院生はもう一度発言をした。


高齢者施設で働く町田《まちだ》さんという男性は一工夫で良いと指摘した。新鮮、発見、至福という語をかみ砕いて、ひらがなで表記すれば代案になると述べた。さらに異色の発言を始めた。

「話題は一変しますが、現政権をコピーで表現するのは難問です。新たな仮説を申し上げます。現政権の強さの秘密。それは政権批判が政権を追いつめれば追いつめるほど、政権をさらに維持させていくという、まか不思議な構造です」

(馬か不思議……)

ギャグを思いついた鉄朗は受講者の当惑した表情に気がついた。町田さんは週刊誌で報道される不倫スキャンダルから論じ始めている。

「奇妙に思うでしょう」と町田さんは言った。不倫への拒否感、嫌悪感は非常に強いのに、世間の関心を集めてしまうという風潮がある。わが身に降りかからなければ、不純な価値観とみなす人も野次馬として観察する余裕を持っている。

この世は美しい人間だけではない。醜い者、邪悪な者もいる。いや美しい者こそ実は醜さを秘めていることを庶民は熟知している。理屈の力で正邪を論じれば冷ややかに見られてしまう。

「汚れきった池の水面に自らを映し出してため息をつく人は多いですよね。汚れの原因を除去しようと試みる人びとは少数です」

この思考法は日本歴史を貫いていないだろうか。町田さんは問いかけた。

現政権について多くの人が語っている。好悪《こうお》の感情と野党論とのせめぎ合い、葛藤も続いている。

この政権論は動物とも密接不可分だと私たちは自覚しているだろうか。

「昔の農村では馬と人間が家族だった。今も全国でペットと人間は家族そのもの」

ユーモラスな口調で町田さんは紹介した。対象への盲目的な愛こそ人びとの内面を支配している。それは社会観と無縁ではない。

スケールの大きな話に、鞍から振り落とされそうになる鉄朗だった。この馬はどこへ走るのだろうか。町田さんの淡々とした語りは続いていく。


生きとし生けるものへの過剰な愛は、家父長制と権力の所在を覆い隠すほどに強固である。宰相個人が指弾されると、それを自らへの責めと誤認してしまう人たちがいる。険しき道の只中にいる人たちの心中を慮《おもんぱか》りたい。

子どもたちの困難を含めて、家族内で思秋期の果てを忍んできた人たち。馬車馬の如く走らされ、貧しさの際に佇んでいる人たちは、権力者への批判を声高に語りづらいのだ。

八二九年前に逝去した武将も馬とともに蘇る。死後に人びとの憧憬をさらに集めた源義経。その在りし日への思いとして判官贔屓《ほうがんびいき》という感情は育まれ、長い歳月を生き延びて列島の激変をくぐり抜けた。その流れも現政権論に影響を与えている。

戦時中の一枚岩の熱狂主義。体制への反逆者と異端者を袋叩きにしてしまった遠い日の経験。それは行き過ぎだと後に明らかになった。社会が指弾する者を悪人と決め付けるべきなのか。バッシングを受けている側にも同情の余地はないか。現政権にも同情の余地は多いという庶民感情の源泉には判官贔屓も影響を与えているかもしれない。

動物との温かい交歓を求め続けてきた人びとにとって、宰相とはかつての馬、現在のペットへの愛とは異質でも、芸能人と同じく友だちレベルの対象である。立派であることを期待しない。問題があればかばってしまう親密性。批判精神の欠如は露わになっている。

人情とは一瞬の発露。その背後に源義経以来の歴史も堆積されている。岩の隙間からわき出した一滴に始まる流れの果てに私たちもいる。

町田さんの声は少し震えている。

「相手は人情という岩盤。相手は自分たち自身。権力監視と立憲主義だけでは裁けない。友だちレベルの宰相として最後まで見守りたいと言われれば……。私には現政権のコピーを書けません。いかに書くべきか。どうか知恵を授けてください」

しぼり出すような最後の一言に、受講者たちは沈黙した。何人かの顔は上気していた。鉄朗は感嘆するのみだった。困惑した司会者はかん高い声を出した。

「ただ今の革命的で反革命的な問題提起に対して、物言いをつける方はいませんか」

「脱帽もの。明治一五〇年に向きあうだけでは解けないという問題意識ね」

志乃先生はにこやかな表情でコピーについてまとめた。懐疑や自省を意図するコピーは不適。抵抗や闘争は苦手で、革命などは断固拒否してきた国民性である。それを認めた上でのコピーを模索していきたいと語った。

「苦渋に満ちた結論でした。最後にどなたか光差す質問をお願いします」

司会者の一言に、一同は苦笑した。いかにも教師風の男性は挙手をした。

「最後まで挑発しますが、権威主義を否定するとの一点だけは理解できません。学術研究で権威は必要。権威主義は必要悪。学問的な権威に懐疑を抱いてどうするのですか」

なるほどと言いながら志乃先生の表情は和らいだ。

「誰からも必死に学ぶのです。でも有名知識人にお任せは嫌。主体的に学び考えたい」

馬と関わって仕事をしてきた人たちへの敬意をまず持ってきた。軍馬を地道に研究してきた人たちに同様の思いを持つ。その補足を受けて、質問者はさらに続けた。

「有名学者でも尊敬に値する人は多い。ある歴史家の方もイケメンではなく字は下手だが申し分ない誠実な人柄。日本軍美化の風潮に抗う一冊は、光を放っていますね」

小太りの男性も面識があると発言した。

「この先生は知的で憂いあるヤギ顔。醜男《ぶおとこ》ではありません。美男ランキングでも竹ぐらいには入るでしょう。でも最近はもっとイケメン学者で最低でも松クラスの真ん中以上。若くてぱっと眼を引く出演者をテレビは求めている。学識に恵まれているこの歴史家がテレビ出演しないのは、それだけが理由。どの政権下でも変わらないと推測しています」

自らは梅の最底辺であると卑下した発言ゆえに笑いを誘っていた。宮崎先生も応じた。

「立派な先生の御講演も大歓迎です。でも内情を申しますと、笹野先生は謝礼ゼロ。私は東京都の最低賃金に準じた時給です」

この手の話題になると、受講者は相好《そうごう》をくずして雰囲気は一変してしまう。

「下流講師と悪口を言わないでね。受講者にとっては気楽に参加できるのだから。ご縁があればこの先も末永く…」

志乃先生の発言を受けて、司会者が二人の報告者への感謝を述べた。思わず拍手が起きた。やがて回されてきたカンパ袋を鉄朗が覗くと、小銭は入っていなかった。

小休止を受けて、講座を受講しての感想を三人が各一〇分以内で話すことになっていた。鉄朗も事前に指名されている一人だった。この日の発言を選ぶか、二週間前の二〇分報告を選ぶか、藤野さんと相談して決めていた。藤野さんの「東山魁夷・ウマ・戦争」というミニ報告はきわめて好評であった。

司会者の一言で、後半のスピーチが始まった。トップバッターは毎回センスある服装で出席する水谷《みずたに》さんという六〇代半ばの男性。レジュメの事実関係について鋭い指摘をするので、鉄朗の気になる一人だった。

元商社員としても有意義な講座でした。本題から外れますが一点だけ。現政権への批判は自由なのだと思います。ただ為替相場も東京市場の株価もニューヨーク・ダウの相場もすべて無関心という方は多いようですね。社会への感度として、それはいかがなものでしょうか。

国際的な視野から見れば、日本社会を酷評し全否定するのは筋違い。今世紀に入って深刻な貧困や差別も顕在化していますが、戦後実現しようとしてきた豊かさと平等は今も少なからぬ意味を持っている。問われているのは、今から何を発信するかです。

私は群馬県の農家の出身です。我が意を得たりとの思いで拝聴してきました。ダジャレですが、人間は軍馬でなく群馬。特別に優秀な一握りの人を除けば、群れから完全に離れて独立独歩はありえない。指揮官として、一群をコントロールできる人は稀です。

多くの人は群れの中で歩む。皆さんも立派に群れていけますよ。いえ馬鹿にしていません。一人ひとりの主体性を尊重する群れは望ましい。今日も率直な批判が出されていた。群れの成長のために討論と批判こそ鍵を握っています。真摯な批判こそ、最良の飼い葉です。口先だけで賞賛する人を信じてはいけない。容赦ないクレームをバネにして、ライバルや批判者からも学ぶことで、より良き商品を開発する企業の意欲は掻きたてられてきました。

日本経済の歴史は群れなす人びとによって担われてきた。困難から逃げずに瀬戸際からの新たな挑戦。恵まれない生い立ちの人も参加しうる幸福追求のドラマでした。危機を突破し、矛盾を止揚する中で次回はある。いつ放送中止になっても不思議でない連続ドラマでした。

それは戦争とは異なるレベルの総力戦です。研究や開発の第一線も、営業も宣伝も全力で走る人びとによって切り開かれてきた世界、優秀で創造性ある人びとこそ牽引できる舞台です。怠ければ奈落の底に行くこともご存じですね。

この総力戦を担ってきた戦後の開拓者世代は存命でもすべて老人です。もう走れない。走れば転ぶ、足が痛くなる。団塊の世代も含めての実情です。

一言も言いよどむことのない軽妙な口調に、何人かはしきりに反応していた。

戦争の破局的な終着点は敗戦。戦後の目標は経済発展と平和。戦前と戦後は水と油ほどに違うという論者も多い。だが国民として一丸、一群となって走ったという点は共通しています。

人間と動物の命を奪う戦争は否定する。どんな命も殺させない。それは当然の願いです。そうであっても、戦争はいやだ。孫たちに平和な社会をという当たり前のスローガンだけに甘んじていてはダメだ。そのスローガンも携え、未来を構想できなければ孫たちをさらに泣かせることになると言いたいです。

この世の最大の不幸は戦争でしょう。では平和な戦後日本は幸福だったか。それも否ではないでしょうか。日本経済礼賛派の告白をお聞きください。働く者の犠牲は最初から折り込みずみでした。恥を忍んで申し上げます。若き日の私は職場の女性を男性と対等に見ていませんでした。さらに極端な話題になりますが、企業犯罪である公害事件も、それを生み出す土壌は広範に存在していたと聞いています。

過労死・過労自殺の頻発も同様です。部下をきびしく詰めてつぶしても構わない。人間は取り替えが利く。上から目線の軍隊にも近接した思想は存在してきました。私自身もその尖兵でした。利益至上主義の苛酷な組織は長期的にはモチベーションが低下する恐れを秘めています。

ただ悩ましいのは、利益至上主義と異質で自由奔放な会社ははたして理想的な会社なのだろうか。極端な場合には、役員が先頭に立って社内恋愛を模索する類の会社。モチベーションを高める人もいますが、一体何のモチベーションなんだ。会社は牧場ではないぞという反発は足元から高まる。この種の会社は必ず崩壊する。それは歴史の必然です。


最後に一言。賢い人間の群れでも間違った道を進む危険性はある。たいまつを掲げて歩み出し、新たな希望を抱く人たちが馳せ参じた会社も迷路に入り込む。崖から転落することさえ稀ではない。群れでいたぶられ、足を引っ張られることも多い。

それをいかに回避できるだろうか。提灯持ちとして従順さを保ち続けることは一つの選択。面従腹背や群れから距離を取っていく姿勢も必要です。離脱する選択肢もあるのです。

その際に主観は大事。でもより尊重すべきは数字です。数字をしかと眺めれば、雄弁に物語るものがある。そこに注目したい。ご縁があれば、またどこかでお目にかかりましょう。

続いてマイクを握ったのは、初回に衝撃的な質問をした上川さんだった。

第一回で英連邦軍による軍馬射殺の命令をお尋ね致しました。入退院を繰り返し、三回だけ出席しました。ご好意で録音を拝聴しました。

この間もBC級戦犯裁判は気がかりでした。日本の軍人として不当に処刑された人たちへの関心は、馬への関心とも重なります。連合国側の非人道的行為を不問に付してはなりません。なぜ連合国側へのきびしい視線を向けるのか。身内の戦争体験とも関わっています。三人の戦死者がおりました。生き残った兄もシベリアに抑留されて敗戦の三年後に帰還し、姉の配偶者は被爆者です。社会科教師の私は戦争の悲惨さを授業で語りながら、近親者の戦争体験については一切話せませんでした。

その主な理由は、兄と姉夫婦からの拒否反応でした。戦争体験、被爆体験を用いて戦争反対の演説をするな。当事者以外が、語り部になってはいけないと何度も釘を刺されました。「なぜおまえが語り部面をするのか」と兄から面罵されて涙を流したこともあります。兄弟間での葛藤も大きかった。若き日の私はその言葉に従いました。戦争の苦しみを饒舌に語ってはいけないと自制してきました。

連合国対枢軸国、反ファシズム対ファシズムという枠組みをかつては長らく重視していた。それは以上の私的な事情とも関連しています。近親者については語れない。鳥の眼で二〇世紀の戦争と平和を考えたい。それこそ若き日からの私のスタンスでした。

兄も姉もその配偶者もとうに逝去しています。真《ま》っ新《さら》な気持ちで戦争に正対する最後の機会だと自覚しています。

原爆投下はアメリカの人体実験という犯罪的行為でした。日ソ中立条約を踏みにじったソ連はシベリア抑留を含めて非人道的行為を続けました。満腔《まんこう》の怒りをこめて告発します。連合国側によって戦後に奪われた命があった。人権を侵害され、人生を損なわれてきた人を忘れることはできません。東京裁判にも評価できない点は多く存在しています。

その問題意識をこの二〇年ほど強めてきました。とはいえナチズムや日本軍国主義が免罪されるのか。中国やアジア民衆に対する謝罪の念を捨て去るべきか。それは違うと考えます。日本の侵略戦争と軍国主義と植民地支配がなければ、異なる人生を歩めた人たちを思います。

庶民は戦争の犠牲者、戦争を支えた当事者でした。とはいえ講座で学んだように、馬とともに農業に勤しんできた人たちの責任を問うことはまず不可能。日本国家の未決の主題として海外から突き付けられる問題も複雑です。過去の清算はきわめて困難なのです。

戦争を繰り返さない保証を何に見出すのか。戦争を志向するという選択肢そのものを封印する。不十分であっても現実的な対応策を模索すべきでしょう。

七〇年以上も経過している現憲法を冷静に批判的に考察することに賛成します。ただ戦争国家からの転換としての九条を否定すべきかどうかは悩ましい。

制定過程について議論はありますが、精査すれば押しつけ憲法という議論は不正確。同様に日本側だけが理想的な憲法を生み出したとの認識も、裏返しの過大評価です。九条に平和を書きこんだのも日本側。憲法研究会や幣原《しではら》首相の貢献も承知しています。その上で現憲法全体の骨格はＧＨＱ側が提起した。その核心は野蛮な侵略戦争の根源である軍国主義の除去であったはずです。

出発点はＧＨＱ側の構想である。半歩譲ってもＧＨＱと日本との合作による平和主義であり、人権条項だという見解に立たざるをえません。ある局面での不正義の象徴である連合国側への怒りを強めている一人としては苦々しい思いもあります。

戦後をなぜ丸ごと肯定できますか。沖縄の現実、本土の米軍基地も考えてみてください。現憲法の理想は美しく見えても、戦後史で蹂躙《じゅうりん》されてきた側面はあるのです。仕方のない正しさとしてクールに向きあいたい。愛おしいとか、いまいましいとかいう両極からは距離をとりたい。私は今そう考えています。

最後に一言。若い方は社会への関心だけに埋没せずに、個人の幸せを求めてほしい。仕方のない人生としてあきらめず、努力のしがいある人生を切りひらいてください。


守下先生の顔は紅潮していた。静まりかえった中で鉄朗が指名された。


講座の始まる直前に、僕はラグビー部を退部しました。ところがこの講座の中で、ラグビー部の日々は再び蘇ってきました。

戦時中に闘球と呼ばれていたラグビーは球技であり格闘技。相手を潰《つぶ》さなければなりません。ケガと隣りあわせの苛酷なスポーツです。二〇センチ、三〇キロも大きい相手へのタックルでは得も言われぬ恐怖を感じます。

でもラグビーは相手への敬意を持つ。ノーサイドで試合が終われば、相手とも仲間になるので戦場体験とは全く対照的です。戦争は全く別世界。遵守すべきルールはあるにしても、敵国兵士を殺すのはルール違反ではない。殺される前に殺すことこそ鉄則です。

人間の歴史は戦争の歴史。その歴史の大半に馬も関わってきました。神経質で繊細な馬は飼い主の匂いを覚えているほどに賢いです。戦場で血を流して絶命していった人馬をみつめたのも馬たち、戦場の匂いを記憶に留めた馬たちのその後の行方を知ることは困難です。

内田靖夫『馬部隊』は中国戦線の病馬廠をすばらしい絵とともに描いていました。戦場で傷ついた馬たちを必死に救った獣医や兵士たちを知りました。その優しさも日本の戦争のまぎれもない一場面でした。その一方で、長期にわたる戦争のある局面では現地住民を虐殺したり、蛮行を繰り返したりしたのも日本兵です。私的制裁というリンチ絶え間ない場も軍隊に存在し、限りない友愛を育んだのも軍隊の一側面でした。日本軍兵士については引き続き考えていきたいと思います。

僕が最初に知った軍馬は松虫号でした。長野県の開田村から軍馬として徴発されて中国戦線に送られてから、元の飼い主と戦場で出会うという信じられない馬でした。この馬が消息を絶ってから八一年後に、旧開田村に一人旅をしました。松虫号とは山吹号が本当の名前だったことを知って恥をかきました。この地でもこの馬のことを知る人はもうほとんどいません。

馬はツバメや鮎と同じように帰巣性があるのでしょうか。もし軍馬たちの魂が日本列島に帰ったらと、思わず想像してしまいます。戦後七〇年以上も経ったこの国の変貌ぶりについて息を呑むでしょうか。馬の数は激減。農村人口と風景も激変。高齢社会だけれど、昔よりも若々しい人が多い。旧開田村を始め、北海道、青森、岩手などでも馬と生きる人たちは意気さかんです。八種類の在来馬も何とか健在です。その姿を軍馬たちに見てもらいたいと思います。

美しい野馬たちを描いた宮沢賢治がもし健在ならば、現在の農村をどう見るでしょうか。「世界がぜんたい幸福にならないうちは個人の幸福はありえない」という一節は、日本の農村でどう実現したのでしょうか。次の一点は気になっています。農村を豊かにするために土壌の改良を志していた賢治は、なぜ馬糞や藁《わら》による堆肥を広めずに、石灰を活用する化学肥料だけにこだわったのでしょうか。それをぜひ知りたいです。

一九三七年に『君たちはどう生きるか』という本は刊行されました。講座との関係でこの本も読み直しました。ある先生から本書への批判を試みた一冊を教えられました。一読して身体がふるえるほどに驚きました。

「人間を分子として見る」思想が『君たちはどう生きるか』の核に存在している。それはマルクス主義という思想の人間観の歪みであり、全体主義国家にもつながると批判していました。それに代わって、「目と口と尻で」生きる存在として人間をみつめたいと書かれていました。その主張はとてもむずかしい内容を含んでいます。

でも「目と口と尻で」生きる存在として人間を見ることは、まさに戦争中の農民たちが馬たちに向きあっていた姿勢ではないでしょうか。あの戦争の時代にも、大地に生きる人びとは自然と動物たちへの畏敬の念を持っていた。多くの生き物たちを飼って、「目と口と尻で」生き物にも人間にも接していた。しっかりと大地に足を踏みしめて生きていたように思います。でも戦争へと暴走する巨大な渦に対しては無力でした。

いま僕たちは人間へのどのようなまなざしを持つべきでしょうか。「目と口と尻で」見ていく。上空から鳥の眼で一望におさめる。後方を自由に眺められる馬の眼。どれも大切な視点でしょう。分子として人間を位置づけることは、科学史では当然の認識かもしれません。

そういえば、目と脳は一続きになっていますね。タックルの際に恐怖を強く感じるのも、タックラーとしての眼がその瞬間を脳に発信するからでしょう。

この間、僕は混乱しながら目と脳を使ってきました。昭和史の勉強と思って馬を学び始めた。でもそれは歴史だけでなく文化や哲学と結びついている。何よりも動物としての馬を観察することは必須で、農業や農村とも深く関わるテーマです。まさに目白押し状態で咀嚼できないばかりか口の中に入りきらない。馬のように口をもぐもぐと動かしています。

一つのテーマ、一冊の著作の背後には長年それと格闘を続ける人たちがいる。きびしい異論と批判者さえ時に立ち現れることも、この講座で初めて学びました。

人間は運命に従うだけなのか。人生の可能性についても考えました。楕円球の弾み方は今後も予想できないと覚悟しています。それでも前をみつめていくしかない。この身体で向きあっていこうと思います。

司会者から一言だけとうながされて、閉講挨拶を志乃先生は始めた。

今の三人から語られたように、この講座で一人ひとり感じとったことを大切にしてほしい。手探りで準備をしてきた甲斐がありました。今期は今日で終了ですが、岩手県に勝山号の育った地を訪ねる。横浜の馬の博物館の見学。この二つは自主企画として行います。希望者は競馬場にも行きましょうと語ると、笑いとざわめきは起きた。

時田さんは挙手をした。

「提案です。今日も歴史をいかにとらえ直すかについて議論できました。締めくくりとして、戦没者と戦没馬に黙祷をささげませんか」

一瞬の沈黙の後、志乃先生はうなずいた。

「賛成です。戦場で倒れた人と馬のために、日本の戦争によって亡くなった多くの国々の人びとを思って、ご意志のある方は黙祷しましょう。ご無理がなければご起立願います」

鉄朗も起立した。小柄な人が多いことを改めて確認した。杖をついている人もいる
（昭和の戦争の前には明治の戦争もあった。溯って源氏の白旗と平家の赤旗の下に倒れし人びともいた……）

さらに過去に遡ろうとして、鉄朗はその思いを打ち消した。

黙祷の後に静かな拍手は起きた。恥ずかしそうに拍手している藤野さんは、これまでになく愛らしく見えた。守下先生が予想どおり握手を求めてきた。でかい雄牛の握力には驚かされる。フォワードの中核になれるに違いない。

エピローグ　未来からの断き

二年の歳月が流れた二〇二〇年。鉄朗は大学生になっていた。ラグビーの猛練習に耐えたことを励みにして、何とか大学受験を突破できた。ただ入学早々から虚脱感に包まれていた。高望みをせず志望校を決めたことはともかく、熟慮の上で進学先を選んだとはいえない。興味を持てる講義は限られていた。

苦しみの中でジャージを脱がなかった日々。五カ月間参加した昭和史講座では、眼前の目標に対してもっと全力で挑戦できた。今ではそれを不思議に思っている。

講座終了の直後に、八〇代の女性からの手紙を受けとったことも思い出された。初参加の講座で高校生の新鮮な問題意識を聴けて感動したと記されていた。講座では一度も発言しなかったという岩手県出身者だった。

あの広大な県の戦後にも注目してほしいと綴られていた。県内各地にサークルや同人誌が誕生し、戦争体験について語りあう試みもおこなわれた。戦争で夫を喪った妻たちの声も聞きとられ、農業・農村の明日も構想されてきたのだという。

それほど物知りな人はなぜ講座で発言しなかったのだろうと鉄朗は思った。遠慮がちだったのかもしれない。賢い馬から順番に断くというわけではない。七〇歳近く年長の人が思いのたけを伝えてくれたことに対して、鉄朗はお礼の返事を出した。
「権威主義とは阿片だ」という志乃先生の一言は今も心に残っている。阿片は人間に害悪を与える。だが人間の歴史と一体になっていて、ただちに一掃するのは至難である。著名人やブランドに依存する権威主義も人間の本性に関わっている。優秀な指導者や知識人は多くの人たちの希望を体現できる。偉大なる権威にひれ伏すことは不自然ではない。でも常におまかせの姿勢ではいけないと先生は問いかけていた。

定年前に退職して講座を主宰するという大胆な挑戦。それは権威に依存したくないという思いと折り重なっていたのだろう。自らの挑戦は必死に学ぶことに始まり、学びと討論の場でのコミュニケーション力を育む。価値観の押しつけではなく、対話を重視していく。意見の異なる人たちと討論する。手ごわい論敵から学ぶ。一人ひとりの発信する声に耳を傾ける。高校の専任教員だった時よりもそれを強く意識してきたという。

あの講座が終了した半年後に、開田高原で木曽馬に乗るツアーを鉄朗は計画した。十数人は緑なす地での馬たちに魅せられていた。志乃先生も喜んでくれて、何よりの思い出になった。

最近、若き日の父は優柔不断であったという事実を鉄朗は身近に感じている。当初の志望どおり、歴史学を専攻していくのか。あるいは生態学の専攻へと転じることも不可能ではない。迷いは続いている。牧夫への憧れは夢物語であったとしても。

万物は流転する。二年前に膨れあがっていたタックルへの恐怖はすでに忘却の彼方へと去った。楕円球との対決を終えたのである。去年のワールドカップでは大観衆の中の一つの共鳴板として熱狂を支えた。楕円球を追い続ける人びとへの思いは消えない。苦しみや傷を抱えても前へ進む人たちに愛おしさを感じる。

ブレイクダウンやタックルも、観客の立場からは自由闊達に語りうる。現場から一定の距離を持つことは広角の視野を保証する。何を表現するのも自由なのだ。

ただ不勉強で権威主義にも引き寄せられそうになる鉄朗は、「言葉は、自由だ。」と開き直ることはできない。現場で苦闘する人たちを忘れない。

「輝く言葉は、紋切り型の安息地ではない」という言葉をゼミの先生に教わった。教授自らの造語という。鉄朗はこの言葉を座右の銘としたいと思っている。


芽香は女優への道を本格的に歩み始めている。雄弁で粘着質で時には憑依《ひょうい》の影響も受けるような個性強き娘。適度な距離が求められている。性格が合わない。平凡でぽわんとした優しい女の子があなたにお似合いだと母からの教育的指導を受けながら、没交渉にはなっていない。これも依存症の一つだろうか。

二年前のタックルへの恐怖は、芽香及び女性への恐れに転化してしまった。タックルの一瞬に炸裂した感情は、一日の大半をなだらかに覆うようになってきた。渦潮のような特別の空間ではない。日常の食卓にさえ阿鼻叫喚《あびきょうかん》は忍び寄るかもしれない。

それは考えすぎで妄想であるという自覚は持っている。ただ凡庸な人びとであっても驚くべき変容を果たす場合がある。人間関係のもつれと緊張こそその流れに棹差していく。たとえば母の評価する優しい女性だからといって、変わらぬ気質で人生を全うできるだろうか。優等生も稀には毒婦へと豹変する事例がある。それはひとえに人間の内面に由来している。

もし夫婦間の衝突によって、毒を盛ってみたいという悪戯心《いたずらごころ》が新妻の胸中に芽生えたらどうするのか。男子常に厨房に入り続けると三食を独力で調理し続ける意思を持っていても、完全に果たすことは不可能である。残業で帰宅が遅くなった時に、妻お手製のホワイトシチューが供される。その際に断固として拒食を続けることは滑稽ではないだろうか。

悪ふざけであっても、いざ実行された場合には阻む手だてが限られている。参考にすべきは一九三〇年代の全体主義国家または現代の日本社会である。家庭内での徹底的な監視社会。すなわちキッチンへの監視カメラの導入によって、すべて可視化すること。でもすでに食道を食物が通過した後に画像確認を始めても遅いのではないだろうか。

なぜすみやかに離婚しなかったのか。いや安易な結婚を選んだのか。足元の土壌も地質も知らずに生きてきたのが鉄朗である。それと同じく人間の奥深さについて何も知らないのだ。

今や芥川の「唯ぼんやりした不安」という認識では不十分である。危機を敏感に察知しなければならない。夏の花の大群落でも、装いを変えた秋の花でもたった一本の毒草が紛れこむことによって死命を制してしまう。松虫草のごとくはかなげな存在だとしても。

色とりどりの花は美しいからこそ、鉄朗は揺れ動く。われは蟷螂《とうろう》として人生を閉じられるのか。蟷螂の斧を振りかざす機会があるのか。その不安はすべて妄想だと言えるだろうか。

それにしても「目と口と尻で」人間をみつめるという指摘は刺激的だ。一人の人間が何を見ているのか。何を語っているのか。大地に足を踏みしめて歩いているかを問い直す人間観だ。高みに立っての睥睨《へいげい》ではない。相手と同じ高さの目線で見ていこうとしている。その点で『君たちはどう生きるか』の人間観と正面から対峙している。いや科学史そのものへの挑戦も意図しているのだろうか。鉄朗は予感する。吉野源三郎の「網目の法則」と違って、この秀逸な規定は広く知られずに終わるだろう。全国の書店はこの一冊を無視している。もし書店に勤める機会があれば、吉野源三郎著の隣に、村瀬学著の一冊を置いてみたい。

ただ「目と口と尻」という表現は困りものである。多くの人は性的な表現だと誤解してしまうのだ。鉄朗の同世代は性の違いを超えて、その三点の外観も光り輝ける時を生きている。

その三点ならば、同世代の女性の九割をリスペクトできるだろうという誘導尋問に同意してはならない。それを母が知ったりすれば逆上する。兄に似ないことだけを願ってきた息子が、その後継者に近づくことを察知するならば……。

もう一つの恐怖、新たな妄想が接近してくる。息子の将来をにわかに悲観した母は一九三六年の阿部定《あべさだ》の後継者にならないだろうか。貞枝という名前である。一首は一撃になりかねない。

鉄朗にとってそれはただの空想ではない。一九三〇年代の日本を学んだ際に、テロリストや特高警察よりも恐怖を感じたのは阿部定だった。テロリストや特高に狙われる鉄朗ではない。だが愛と憎しみの相剋《そうこく》と終生にわたって無縁でいられるだろうか。

書道が得意で、気配りもできる母。名歌をパクって、時に諧謔に満ちた歌を作る。その母も実兄との関係では激情をはじけさせる。

その怒りはいかに研ぎ澄まされていったかを確認する余裕はない。悠長に語っているべきではない。憎しみの矛先は伯父とは限らないのだ。より身近な者に怒りの刃を向けていく危険性がある。一九三〇年代前半までの世界の反ファシズム陣営の中軸は社会民主主義が主敵であるという社会ファシズム論なる謬論《びゅうろん》に囚われていた。その種の思考回路は人間の陥りやすい罠である。

そうなると標的はわが局部でもありうる。母の一撃を阻めるだろうかと鉄朗は思い詰める。

「殺意などありませんでした。ただ放牧という観点が欠けていた。親として虚勢を張ろうとしたことを恥じている。小さな身体に似合わない巨根は苦しみの源になる。それだけは不憫《ふびん》でいたたまれず、息子の将来を思って去勢を男根、いや断行しました」

法廷の裁判員の前で陳述する母のうなだれた姿。父と伯父の悄然《しょうぜん》とした姿も目に浮かぶ。

裁判長様、「そこで一首」と促さないでください。母は詠んでしまうかもしれない……。

母の戯れ歌は素朴な叙情とユーモアを表現する時もある。だが最近は低迷している。叙情から俗情へという傾斜は著しい。その最悪の歌を想像すれば次のようになる。


　太平の眠りを覚ます人妻A息子抉りて歴史に名を成す

法廷の緊張感の中でこんな歌を披露されたら鉄朗は死んでも死にきれない。ただ達成感だけに酔いしれた歌詠み。その恥辱は罪の大きさを凌いでいる。

読書力と共感力を育む子育てを試みながら、強い情動は我が子の歴史を閉ざしてしまった。一点だけ弁護すれば、人間同士だからこそ話はこじれてしまったのだ。

ぼんやりとしていた不安が、今や総天然色として花開いていく。満開の恐怖の中に鉄朗は佇んでいる。ああ一九三〇年代の歴史などに、なぜ関心を持ってしまったのか。歴史を学ぶとは人間の苦悩と懊悩《おうのう》を増大させていくだけ。悲劇はすでに歴史に刻み込まれている。

母に伝えたい。同世代の女性の九割をリスペクトする。それは交尾への情動を意味していない。九割が許容範囲とは、とりあえずビールとウーロン茶でと同趣旨である。

ビールも多種多様であり、酒宴はその先の選択に委ねられている。いや酒宴という語を用いるだけで酒池肉林《しゅちにくりん》の前夜、二段階連続的な盲動であると決めつけないでほしい。鋭い指摘であるが、それは酒池肉林の誤用である。特高警察と同じく予断と偏見にとらわれているのだ。

馬は一頭ずつ性格も異なれば、個性を持っている。抽象的な動物愛護ではなく、日々生き物に向きあっている者はそれを熟知している。人間も容姿と肉体だけではない。人間性と人格、思考力と対話力。それらも十分に意識している。創造性には欠けても歌を詠める。そんな女性と出会いたい。

母は勘違いしている。七一歳までの女性は恋愛対象になると豪語する自らの兄と息子とを同一視している。我らは同じ群れではない。日頃から群れとして人間を束ねることに抵抗してきたのに、なぜ血脈に囚われているのか。

いや鉄朗が証言台に立つことはありえない。生前最後の肉声が法廷で流される。母と息子の愛憎劇の果てについて、裁判員たちはいかに評議するのだろうか。かくのごとく事態は深刻である……。


人は見た目が九割という唯美主義に抵抗してきた鉄朗でさえ、母に危《あや》められてしまう可能性。信頼していた妻に毒を盛られる可能性も決して絵空事ではない。年来の友人である芽香の場合には、その日が到来すればメカニックな力に依拠せずに正面突破で挙行するだろう。

木刀を握るに違いない。古風な武器であるが、あの強固な意志、昭和のテロリストに匹敵する思いこみと決断力で決起されたら、阻止できるだろうか。ちっぽけな肉体はバリケードにならない。

芽香、歌など似合わない。黙って立ち去ってほしいのになぜ詠もうとするのか。

稲妻が轟く闇の一隅に光る木剣痛いですかぁ
つい先日のこと、鉄朗は大学で安全保障論の講義を聴いていた。はるか眼下に山々と田畑を眺めているような心持ちになっていた。軽飛行機に乗っているのか。気球に乗っているのかも不明である。その眺望の中で今夏の東京五輪大会の痕跡を見出すことはできなかった。

大地を眺めつつ静かな感慨に鉄朗は満たされていた。国家間の戦争は激減してテロや新たな暴力の脅威に敏感になっている現在。安全保障は人間の安全保障としてみつめなければならない。今ではこの視点こそ求められている。心がふるえた。声を潜めてもつぶやきたかった。

わが行く手を守れ。わが局部も守れ。その思いよ、この列島に広がれ。この大地の隅々を潤す水脈になれ。

人間の安全保障を実現できるのか。社会の平穏と安全を維持できるのか。人間をどこまで信じられるのか。土俵際で挑戦が続く。お題目では平和は守れないのだろう。だが軍備増強がさらに脅威を高めるというパラドックスも存在しているという。

そのことは翻って、究極の性善説、お花畑平和主義と一部から酷評されてきた憲法九条とどう関わっているのだろうか。この列島の峻厳なる自然及び大地の動乱と平和はどう関わっているのか。憲法九条は国境を超えた理想になれるだろうか。

そのことを模索すれば、とてつもない難題を自ら抱え込むことになる。礼賛も断罪も好きではない。わが身に引きつけて考えれば考えるほど、容易に答えは出ないだろう。

だが馬も時には嘶く。この皮膚でいつか何かを感じとれる時がくるかもしれない。

「そこで一首」と母に水を向けてみようか。

「そこで一首」と問われた際の返歌も考えておかねばなるまい。

戦のみ恐れるべきか眼閉づ我が行く手には楕円球あり

この島々に、五世紀の時点では朝鮮半島から馬が渡ってきていた。それよりもはるか以前の遠き地点から緩やかに流れ続けた時間は堆積している。岩は波によって削られ、川は山容を変えてきた。四つの巨大な島々のみならず六八〇〇を超える島々はこの列島を形成してきた。それらの島に多くの生命は育まれてきた。明治期から欧米の馬が移入されて多くの原産馬は滅んだ。そうでありながら、二〇二〇年の今も旧開田村を始めとした地で在来馬は生きている。多くの水辺で鳥たちは安らいでいる。

鉄朗はこの島に立っている。安全で危険なこの島。優しさと不条理に満たされてきた島。この地から逃げ出さずに何に挑んでいけるだろうか。

若者らしく鼻息荒く語ってみたい。きっといつかは何かを捕まえる。どこまでも決然として歩んでいくと宣言してみたい。だがパカパカと歩いていくしかないのだ。うなだれながらパカパカと。大道ではない側道。舗装もされていない泥だらけの脇道であっても。軽やかに。可能な限り力を抜いて。駿馬ではない駄馬として。

主な参考文献

小玉克幸『奇跡の軍馬・勝山号』二〇一九年に刊行予定
庄野英二（文）・斎藤博之（絵）『やさしい木曽馬』偕成社、一九八三年
森田敏彦『戦争に征った馬たち――軍馬碑からみた日本の戦争』清風堂書店、二〇一一年
大瀧真俊『軍馬と農民』京都大学学術出版会、二〇一三年
伊藤貢『遠い嘶き――軍馬勝山号回想記』江刺文化懇話会、一九九二年
小池政雄『勝山号――聖戦第一の殊勲馬』鶴書房、一九四一年
永原和子・米田佐代子『おんなの昭和史――平和な明日を求めて』増補版、有斐閣、一九九六年
山岸豊吉『百姓馬吉』農文協、二〇〇八年
原文子編『木曽馬のきた道　原義亮の足跡から辿る』二〇〇七年
伊藤正起『木曽馬とともに』開田村、一九九六年
【新】校本『宮澤賢治全集』第五巻、本文篇、筑摩書房、一九九五年
内田靖夫『馬部隊』昭和書房、一九四二年
村瀬学『「君たちはどう生きるか」に異論あり！――「人間分子観」について議論しましょう』言視舎、二〇一八年

中野　慶（なかの けい）
1957年東京都生まれ。高校時代は3年間ラグビー部。早稲田大学第一文学部で日本現代史を専攻。出版社に29年間勤務して、2014年の早期退職後は執筆に専念。被爆者との出会いを通じて構想した児童書・ジュニア向け読みものに『やんばる君』（童心社、現在は品切れ）と『新井貴浩物語』（切り絵･吉田路子、南々社）がある。本作は一般向けの小説としての第一作。

軍馬と楕円球

2019年7月25日　初版第1刷発行

著　者　中野　慶
発行者　竹村正治
発行所　株式会社 かもがわ出版
〒602-8119　京都市上京区堀川通出水西入
TEL 075-432-2868　FAX 075-432-2869
振替　01010-5-12436
ホームページ　http://www.kamogawa.co.jp
印刷所　シナノ書籍印刷株式会社

ISBN 978-4-7803-1041-2　C0093